JN123177

抒情が目にしみる

現代短歌の危機《クライシス》

藤原龍一郎

六花書林

抒情が目にしみる　＊　目次

I

Ⅱ

Ⅲ

抒情が目にしみる

現代短歌の危機《クライシス》

装幀　真田幸治

I

變への意志　塚本邦雄『豹變』を読む

『豹變』は塚本邦雄の十四冊目の歌集であり、一九八四年八月十五日に花曜社より刊行された。敗戦記念日の刊行というのは意図的なものがありそうだ。と、思って奥付の印刷日を見ると八月六日。広島への原爆投下の日付であり、そうなると、この印刷日も発行日も当然、戦争への憎悪を意識したものであることは間違いなさそうだ。

歌集のタイトルにも大きな意志がこめられているように思える。この前の歌集は『歌人』という極めてオーソドックスなもの。そして『豹變』の後の歌集には、『詩歌變』、『不變律』が続く。つまりは「變」の先駆けとしての歌集ということができる。この三冊に続き、『波瀾』、『黄金律』、『魔王』とつらなり、塚本邦雄の短歌世界は大変貌を遂げて行く。

つまり、この歌集『豹變』は前期から中期の華麗で典雅な塚本邦雄の歌の世界が、後期塚本邦雄の異貌の世界に入って行く標とも言うべき貴重な一巻なのである。

塚本邦雄自身、この歌集の跋「豹變感覺」において、辞書的な意味での「豹變」には、速やかに旧悪を革めるという肯定的な意がある一方、無節操という俗意が流通しているが「いづれにせよ、私は歌人としても、常に「豹變」することを躊躇するものではない。」と記している。また、歌壇の歌が均一化していることを嘆き、「あまりにも慢性化して、病名すら判定しがたい、健康無比な歌群は、私を戰慄させ、それに感染したり、同病を病まぬためにも、始終緊張して、豹變に心がけることに思ひ到る次第である。」と繰り返している。

　この時期の塚本邦雄自身にとって、「豹變」はもっとも重要な思いだったわけである。

　日向灘いまだ知らねど柑橘の花の底なる一抹の金
　空梅雨に深井の水の香の昇る人一人殺しおほせざる悲しみ

　歌集『豹變』の巻頭と巻末の歌。巻頭歌はまだ典雅さをたたえている。日向灘とは宮崎県日向市の東側の海岸沿いの海。南海トラフの一部であり地震域でもある。次の柑橘の花は、宮崎県の名産の蜜柑の花だろうか。花の底の一抹の金とはイメージだろうが、不吉なものではない。一つ指摘しておきたいのは「知らねど」なる否定形。この否定形は実はこの歌集に多用され、後に述べるが一つの特徴となっている。

　巻末の「空梅雨」の歌は殺人なる犯罪行為への未遂の悲傷という詩的屈折を詠っている。おそらく、坪野哲久の〈われの一生《ひとよ》に殺《せつ》なく盗《とう》なくありしこと憤怒のごとしこの悔恨は〉を本歌としていることは間違いないだろう。坪野哲久の憤怒よりはソフトだが、悲しみの根は深そうだ。反倫理の宣言と読んでも良いのかもしれない。同様の未遂の悪の歌は巻頭歌を含む「星夜絶交」一連の中にも〈復活祭絲杉の空銀泥にいかなる惡かわれなさざりし〉等があり、明らかに一巻の特徴の一つになっていることがわかる。
次にキーワードである「豹變」なる語が直接詠み込まれている作品を挙げる。

豹變といふにあまりにはるけくて夜の肋木のうへをあゆむ父

江戸川乱歩の人間豹を連想させるイメージだろうか。豹変という辞書的な意味にはまさにあまりに遠いが、この歌の中の父は豹に変じてしまったのだ。真夜中の肋木の上を四つん這いで歩む父の像のグロテスクさは、それまでの塚本短歌には確かになかった奇想的なイメージである。
この歌は「歌人豹變」と題された三十三首中の一首であり、他には次のような作品も含まれている。

歌のほかの何を遂げたる　割《さ》くまでは一塊のかなしみの石榴《ざくろ》
夭折家系の二男歌人《うたびと》影うすく鶸色《ひはいろ》の兵兒帯《へこおび》をひきずる
寒早移轉の荷よりころげ落ちて白し『月下の一群』その他
詩才はつかに人にぬきんで蹤《つ》きくるはしろがねの供華《くげ》はこぶ自轉車
生薑《しやうが》つまりゐし紙函に密閉せり十二年このかたの歌反故《うたほご》

どの作品も詩歌に対するイメージがマイナーな感情に満たされているように思える。

割られた石榴の実の肉色を見ながら「歌のほかの何を遂げたる」かとの本質的な懐疑にうちのめされる悲哀。早死にの家になんとか生き残っている二男は歌人であるが、やはり生気は希薄で、兵児帯を引きずって痴呆のように歩いている。

冬の旱の日に引っ越すために荷物を積み上げて、車が動き出したら真っ先に転げ落ちたのは堀口大學の名訳詩集『月下の一群』であった。一緒に落ちたその他とは、埒もない家財道具のたぐいだろう。湯たんぽ尿瓶と同列になっているのかもしれない『月下の一群』の無念。

詩才が抜きんでた人物がいる。その背後についてくるのは供華即ち弔いの花を積んだ自転車である。抜きんでた詩才など弔い花ほどにも値しないとの暗喩としても読める。

そして十二年間の歌の反故を生姜の箱に密閉する行為。生姜の臭気によって反故にされた歌の残骸の悔恨を封印してしまおうということだろうか。

わざと恣意的な深読みを展開してみたが、これらの作品に底流している悪意は、「豹變」という異化作用の結果であることは疑いようがない。意志的な「豹變」の一つのベクトルとして、祀り上げられた詩歌の価値観の相対化というものが確かにあるということだ。

次に「否定形」の多用ということに関して、具体的な作品を見ながら考察してみたい。


三月の雪に雨降る美濃近江子に文鳥を約しつつ買はず

絶えて蝙蝠傘修繕人《かうもりなはし》見ざるを月明にひらと翔《た》ちけり紅衣の男
わが犯さざる罪いくつ名のみ華やぎて夏ごろものみづあさぎ
たとへば詩魂、言ひさして再《ま》た言はざりしそこより椿までの二三歩
罌粟《けし》萌えてこころに疾風《はやて》吹くきのふけふピサロ展見ずて終りし
大望遂げざることもたのしきわがめぐり鬱金《うこん》にうるみつつ冬旱
ダリ寶飾展など見るものかきさらぎの露地あけぼのにきらめく塵
忠孝のことばかがやきつつまづし往かざればみすずからるる信濃

現代詩手帖特集版の『塚本邦雄の宇宙　詩魂玲瓏』に収録されている「序数歌集解題」において、島内景二は『豹變』は、否定表現から開幕する。」と述べ「すべてを否定せねば、新しい思想と美は懐胎しない。その美は、まさしく透明。」と評している。

一首一首の解釈よりも、さまざまなかたちで提示された否定の意志を受けとめるべきかと思うが、イメージだけでも、一首目の背後には『去来抄』にある野沢凡兆の〈下京や雪つむ上の夜の雨〉が下敷きにあるように思えるし、二首目の蝙蝠傘修繕人には、前掲の「豹變」の父の歌の人間豹に共通する江戸川乱歩の通俗長編小説の不気味な怪人を連想する。

「犯さざる罪」や「言ひさして再た言はざりし」や「大望遂げざること」には、「豹變」という言葉に象徴される意図的な志の屈折が感じられる。

ピサロ展やダリ宝飾展に行かない、見ないという表現は通俗的ながら、その後の『波瀾』以

降の特徴になる悪趣味＝バッドテイストの萌芽とも言える。特に「ダリ寶飾展など見るものか」なる俗な口語の表現が取り入れられていることには、注目しておきたい。この言い放つような口語表現も、この歌集以降に多く出てくるものである。

最後の歌の信濃にかかる枕詞の「みすずかる」を「往かざればみすずからるる」と受動態にひねってみせた語法も、もちろんそんな用法はありえないので、意図的に万葉由来の枕詞をからかってみせているのであろう。こういう言葉の使い方など、まさに塚本邦雄の「豹變」として受けとめるべきか。

以下、その「豹變」がもう少しわかりやすいかたちであらわれている作品をいくつか挙げてみたい。

一瞬の春なりければわれは食《を》す針魚《さより》十三糎《センチ》のいのち
ゆく春の鰈賣られつ洗ひ朱の卵のどもとまでこみあげて

この二首は一見、針魚や鰈を素材としているのみの歌のように見えるが、飲食という行為が実は針魚や鰈といった命を持つ生物の殺生であるという含意がありそうだ。十三センチの命を刺身にしたり天麩羅にしたり一夜干しにしたりして食べる行為は残酷ではないか。同じことは子持ち鰈にも言える。本来、孵化するはずの無数の卵を食べてしまうことは殺戮にちがいない。「のどもとまでこみあげて」との措辞には、嘔吐をこらえているイメージがあり、あえて不快感を醸し出しているとも言えそうだ。こういう悪趣味が昂じたところに『魔王』の〈たたみいわし無慮數千の燒死體戰死といささかの差はあれど〉の一首が出現するのである。

競賣のけさの氷雨に縁《ふち》濡れておそろしき日の丸の旗ある
秋風《しうふう》珠のごとしといへど心中に劉生の繪のゆがめる美少女
茂吉の愚に倣はむとおとづれし維納《ウイーン》突然に木蓮の花終る

この三首は権威に異をとなえる歌として読める。「日の丸」に象徴される国家権力や戦争に対する憎悪は、歌集『魔王』で爆発するのだが、この歌集の時点でもすでに「縁濡れておそろしき日の丸の旗」が詠われていることは注目すべき。

また二首目は岸田劉生の名作「麗子像」への「王様は裸だ！」的な物言いか。上の句と下の句の対比が皮肉である。

三首目の「茂吉の愚」とは『滞欧随筆』の「接吻」に綴られているウイーンの街路で接吻している若い男女を木陰から一時間も観察し、「ながいなあ、実にながいなあ」と感心したり、「今日はいいものを見た」と述懐する言動が念頭にあるのではないかと思う。茂吉が接吻を凝視していたのは香柏の木の陰からだったが、塚本邦雄の歌の中では木蓮の花が突然散りかかってきたのだ。

最後に述志の歌を二首挙げる。「歌にほろぶる」と題された一連三十首の最初と最後の歌である。

むしろ詩歌をすくはむとしてわがこころはなつ山百合の風のかなた
歌にほろぶる　否否石榴鮮紅の芽吹《めぶき》われならば歌をほろぼす

この時期の塚本邦雄の志が率直に述べられていると言って良いだろう。「詩歌をすくふ」ためには「歌をほろぼす」ことも辞さない決意。あえて「豹變」し、美意識を超え、滅ぼした後の歌世界を渇望する不退転の志が此処にある。

（「短歌人」二〇二二年三月号）

大變貌への先駆け　塚本邦雄『波瀾』を読む

優れた芸術家はいち早く世界の危機を察知して、作品にそれを投影する。そんな芸術上の真理を、この歌集は痛烈に思い知らせてくれる。

塚本邦雄歌集『波瀾』は一九八九（平成元）年八月三十日に花曜社より刊行された。塚本邦雄にとって、十七冊目の序数歌集である。歌数は五百首。この歌集以前は、『青き菊の主題』の二百七十五首以降、『されど遊星』三百首、『閑雅空間』三百首、『天變の書』三百三十三首、『歌人』三百三十三首、『豹變』三百首、『詩歌變』三百三十三首、『不變律』三百三十三首と、三という数字で統べる美意識を提示し、あるいは読者の読みやすさも考慮しての歌数が続いていたのが、突然の五百首には、明らかな「變」の覚悟が籠められている。

春の夜の夢ばかりなる枕頭にあつあかねさす召集令状

この歌集の巻尾の一首、即ち五百首目の歌がこれである。刊行時にもっとも話題になった一首。何故、話題になったかといえば、「あっあかねさす」の「あっ」の部分。正字旧仮名厳守の塚本邦雄が、促音の「つ」を小さく表記したということである。正しい旧仮名表記なら、ここは「つ」になる。それをあえて「っ」にした塚本邦雄の真意は、すさまじい驚愕をこの表記に象徴させているのだ。周防の内侍の〈春の夜の夢ばかりなる手枕にかひなく立たむ名こそ惜しけれ〉の本歌取りで、春の夜の夢が終わると、浮名を流すどころか、そこには召集令状が届いている。その驚きは様式的な旧仮名ではあらわせない。その意志がこの、規範破壊を呼んだのである。

この歌集が刊行された平成元年とはどういう時代だったかといえば、前年の昭和天皇の闘病から、年初の崩御にかけての自粛の枷がはじけた年、いわゆるバブル時代の頂点であった。その浮かれた時代に向けての、歌人の警告の一首。とはいえ、読者も世間もこの一首の鋭い予言性には誰も注意を払わなかった。そして、三十年超の時間が流れた現在、世間には臆面もなく「徴兵制復活」を唱える自称政治学者までがいる。幻視者塚本邦雄は、まぎれもなく、三十余年後の現在を透視して、この一首を成したとしか思えない。

もちろん、この歌のみに『波瀾』が代表されるわけではない。それまでの序数歌集の作品とは、かなり色合いを変化させた歌の数々は、「變」の時代を終えて、新たな世界観、芸術観、詩歌観の創造のターンに入ったと思われる。

一瞬南京虐殺がひらめけれども春夜ががんぼをひねりつぶせり

秋冷のことばただよふごときかなそれ詩歌てふ虚無のうつはに
薔薇をやぶからしと訓みくだす天才的若者をひつかいてやりたい

ががんぼという虫けらを捻り潰す刹那に南京大虐殺を思い浮かべるのは、先の戦争への日本人としての原罪意識か、あるいは、屈折したサディズムであろうか。戦争という主題は次の序数歌集『黄金律』を経て爛熟して、第十八歌集『魔王』においてビッグバンを起こすのだが、召集令状や南京大虐殺といった不吉な用語が登場していることは、明らかに次の展開への助走であると言ってもよいのではないか。

二首目と三首目には詩歌シーンへの毒にみちた批判の視線がある。「詩歌てふ虚無のうつは」なるペシミズムは、自己韜晦というより、他者の詩歌への苛立ちではないか。この歌集の短歌がつくられていた当時の歌壇の状況は、まさに短歌バブルというべき『サラダ記念日』の大ブームであった。俵万智歌集『サラダ記念日』は、発売された一九八七年のうちに二百万部に達して、一九八九年には、すでに三百万部超とも言われていた。さらには加藤治郎や中山明らの口語を多用する若者の歌を評するライトヴァースという用語も使われ始められていた。三首目の「ひつかいてやりたい」という口語は、明らかにライトヴァースへの皮肉であろう。

吟味されつくした言葉によって構築された韻文世界を創造するという塚本短歌観も、時代風潮や歌壇の流行によって侵蝕されざるをえなかった。『波瀾』一巻は、それに対峙するためのさらなる大變貌への先駆けであった。

（「歌壇」二〇一九年七月号）

『魔王』の大乱調　後期塚本邦雄の韻律

第十九歌集『魔王』は、後期塚本邦雄のピークをなす一巻である。この歌集には、主題としての「戦争」の突出、同時代の詩歌状況への憎悪と絶望といった内容上の大きな特色があるが、表現の方法論という視点から見ると、意識的な韻律の大乱調を指摘しなければならない。

塚本邦雄の短歌の韻律の特徴といえば、「辞の断絶」であり「初句七音」、「結句六音」等の音数上のレトリックであった。

壮年のなみだはみだりがはしきを酢の壜の縦ひとすぢのきず　『感幻樂』

「辞の断絶」とは掲出歌を「辞の働きが曖昧である」と批判した笠原信夫に対して、菱川善夫が「実感的前衛短歌論」で反論した際に提示した批評用語で、上下の詩的イメージを、あえて限定性の弱い助詞「を」で接続し、さらに五七五七七のリズムに言葉が拘泥されずに、分断、超越をおこすことで、主題を刺激して表現世界を拡大する方法論といえる。

「初句七音」の方法に関して、坂井修一は「七音を入れることで頭が重くなるが、初句に二つの文節を入れるのが容易になり、迫力のある歌となる。『感幻樂』以後の塚本に頻出し、古典歌謡への接近とともに、塚本邦雄が伝統的なものと一体化することにつながった。」(「塚本邦雄の韻律」『斎藤茂吉から塚本邦雄へ』)と説いている。

おおはるかなる沖には雪のふるものを胡椒こぼれしあかときの皿
馬を洗はば馬のたましひ冱ゆるまで人戀はば人あやむるこころ　『感幻樂』

例歌としてはこの『感幻樂』の高名な歌が挙げられる。
「結句六音」に関しても、坂井修一の解説を引用する。例歌は次の二首。

夢の沖に鶴立ちまよふ　ことばとはいのちを思ひ出づるよすが　『閑雅空間』
秋風《しうふう》に思ひ屈することあれど天《あめ》なるや若き麒麟の面《つら》　『天變の書』

「結句六音は、塚本流のヒステリックな詠嘆である。掲出の二首はともに中期塚本の傑作だが、結句の字足らずは、塚本個人の詠嘆と現代短歌という文芸そのものの詠嘆が重なりあうような場所で、思い切って放たれているようだ。初句七音が多くの若手の真似するところとなったのに対し、結句六音は塚本以外にはまず使えないものである。」

（「塚本邦雄の韻律」『斎藤茂吉から塚本邦雄へ』）

この三つの韻律上の特徴を継続しつつ『魔王』の作品は、さらなる個性を顕現している。

杏林醫院三階に燈《ひ》がまたたきてあそこに死後三箇月の生者
亭主關白豚兒攝政秋ふけて一刷毛の血の雁來紅《かまつか》刈らる
癆咳《らうがい》の父の晩年　愕然と冬麗の護國神社の前！
白紫陽花咲きおもるべき宵あさくわからぬやうに殺してくれ
モネの僞《にせ》「睡蓮《すいれん》」のうしろがぼくんちの後架《こうか》ですそこをのいてください

歌集のはじめの方の作品から、目につくままに引いてみたが、このように奔放な歌いぶりである。

一首目は七七五六九というリズムで合計三十四音。四句目五句目は完全な乱調で結句に収束感がない。

二首目は初句が七音。ただ音読すると「テイシュカンパクトンジセッショウアキフケテ」という上の句は三段重ね漢語をお経のように読み下す快感がある。

三首目は第三句の前に一字分の空白があり、下の句は八音六音という変則リズム。しかも最後にエクスクラメーションマーク付きだ。記号短歌へのアイロニーか。

白紫陽花の歌は初句六音、結句六音。六音にはさまれた中三句がきわめて不安定だ。

最後の歌は全体が口語。もちろん塚本邦雄の口語歌など前例はない。音数律も十四五五十という大破調、大乱調。全音数は三十四音と一首目と同じなのだが、それと比べても、口語ゆえのゆるみ具合はひどい。もちろん意識的にやっているわけではあるが。

初句の字余りはたくさんあり過ぎるので、結句六音の歌を何首か挙げてみる。

大丈夫《だいじやうふ》あと絶つたれば群青のそらみつやまとやまひあつし
初夢は旅の若狭のホテルにて幟はためき「祝入營」
實朝が知命まで生きのびたとて　鎌倉の海の縮緬皺
蟻を　潦《にはたづみ》に逐ひつめひらめきし短詩一片「敵艦見ユ」
菖蒲湯ぬるし五分沈まば死に得むにそのたのしみは先にのばす
闇中にゐがきて消すは往かざらむ故郷さかりの鬱金櫻
廚房は神聖にして蛇口《コック》なるおそろしき凶器が濡れつぱなし
空港伊丹キオスク脇の屑籠に正體もなきイズベスチア

目にとまったままの引用だが、結句六音にもいくつかのパターンがあるような気がする。

二首目の「祝入營」、四首目の「敵艦見ユ」は意味のある六音のフレーズを置くことで、一首の不吉なイメージを残響させているかに感じる。三首目の「縮緬皺」、六首目の「鬱金櫻」、最後の歌の「イズベスチア」にも同様の凶兆めいた不快感の継続を感受せざるをえない。イズベスチアは旧ソ連政府の公式新聞の名前だが、六音はもとより、日本のローカル空港のキオスク脇の屑籠にすてられている同紙というイメージの設定は絶妙ではないだろうか。

歌人ならば体験的に実感していると思うが、結句七音は収束感、終息感を齎す。それが一音欠落の六音となると、急に階段が一段なくなってしまったような不安感が突出してくる。この効果は意外と大きい。現にこれらの引用歌のどの一首にも、一音欠落ゆえの不安感はみなぎっている。

大丈夫の歌の「やまひあつし」、菖蒲湯の歌の「先にのばす」、厨房の歌の「濡れつぱなし」といった非名詞の結句六音は、名詞止め以上の切断感覚がある。本来あるべきはずのもうワンフレーズがない。それゆえに、不安以上の中途半端な宙吊り感覚が残る。七音であれば、句割れ、句跨りがあってもともかく一首が完結したという感覚は残るが、「やまひあつし」のあとがどうなるのか。「先にのばす」ことの宙ぶらりん感。「濡れつぱなし」のまさに放置されてしまった後味の悪さ。いずれも他の短歌とは異なる読後の胸のざわめきが残る。まさに乱調ゆえの違和なのである。

塚本邦雄の結句六音の歌で、すでによく知られているのは次の歌だろう。

柿の花それ以後の空うるみつつ人よ遊星は炎えてゐるか

間奏歌集である『森曜集』の中の一首であるが、塚本邦雄自身が、この歌を人口に膾炙した〈馬を洗はば馬のたましひ冱ゆるまで人戀はば人あやむるこころ〉よりも好きだと言っている。この一首は前掲の『魔王』の結句六音歌よりも端整で気品のある言葉選びで、結句の一音欠けによる疑問形も、けっして放置ではなく、読者の精神に重い問いかけとして響き続ける。もちろん『魔王』の歌の乱調は、塚本邦雄の意識的な方法であり、読者に罠を仕掛けているわけである。

さらに『魔王』の歌の特色として、言葉遊びとバッドテイストのイメージ造形を挙げておきたい。

海征かばかばかばかば夜の獸園に大臣《おとど》の貌の河馬が浮ばば
世紀末まなかひにある花の夜をいくさいくさいくさいくさい
はつかなる霜をまとひて路肩《ろかた》なる鶫の轢屍體が燦爛
たたみいわし無慮數千の燒死體戰死といささかの差はあれど
原爆忌忘るればこそ秋茄子の鴫燒のまだ生《なま》の部分
ボヘミアの巨き玻璃器に亡き父が名づけしよ「シンデレラの溲瓶《しびん》」

「海征かば」という軍歌から「かば」という音を導き出し、大臣そっくりの貌の河馬という滑稽な異物を出現させる。しかも一首の中に「かば」という音を五回繰り返してみせている。

次の歌はもっと単純に「いくさ」イコール「戦」を反復し、気がつくと「くさいくさい」という結句の六音に転化してしまう。別に複雑な言語操作ではないのに、痛烈なアイロニーに読者は貫かれてしまう。

掲出の三首目から六首目までを一読して、眉を顰めたくなるその感覚こそがバッドテイストへの正しい反応である。「鶫の轢屍體」、たたみいわしのような「無慮數千の燒死體」、まるで秋茄子の鴫焼のまだ生の部分を連想させる原爆の犠牲者の皮膚の剝離。思いついてもまっとうな感覚では詠えないイメージばかりを詠ってしまう覚悟。

この乱心とも思える大乱調こそ『魔王』の塚本邦雄の韻律であり、晩年へ向かう塚本邦雄の本懐であると思うのだ。

（「歌壇」二〇一五年七月号）

魔王転生

『波瀾』、『黄金律』、『魔王』を読む

1

一九八九（平成元）年に刊行された『波瀾』から、一九九一年刊行の『黄金律』、そして、一九九三年刊行の『魔王』、この三冊の歌集は塚本邦雄の十七、十八、十九番目の序数歌集になるのだが、その作品は、それ以前の歌集の作品から変貌した、異様な凄みを帯びた作品になる。第十三歌集『天變の書』から予告されていた歌への「變」の注入が、『歌人』を挟んでの『豹變』、『詩歌變』、『不變律』という助走を経て、この三冊で開花、爆発していると思うのだ。

豹變といふにあまりにはるけくて夜の肋木のうへをあゆむ父　『豹變』
銀碗は人血羹を盛るによしこの惑星にゐてなに惑ふ　『詩歌變』
霜月のデリカテッセン月明にみどりごの罐詰は存《あ》らぬか　『不變律』

これらの歌にももちろん〈變〉はある。夜の肋木の上をなにゆえ父は歩むのか。今までの歌にはこの種の江戸川乱歩の人獣変化的な奇想はなかった。「人血羹」や「みどりごの罐詰」といったグロテスクなカニバリズム趣味も少なくとも目立ってはいなかったのではないか。そして前掲出の三首よりも、もっと倒錯的な奇想やグロテスクでキッチュな道具立てが意識的に多くの歌に導入されているのが『波瀾』、『黄金律』、『魔王』という三巻の歌集なのである。

2

『波瀾』は一九八九年八月に花曜社から刊行された。収録歌数は五百首。以前の歌集に比して、かなり多い。この歌数の多さは、一九八五年から塚本邦雄が自らに課した、一日十首制作というノルマによって、数多くの歌が詠まれたため、多作多捨という方針で、この歌集が編纂されたからではないかと、島内景二は推測している。そうかもしれないが、それならば一九八五年以降に刊行された歌集も多作多捨でもよかったのではないかと思う。しかし、『詩歌變』も『不變律』も収録歌は三百三十三首と美的な定数に統一されている。むしろ、塚本邦雄自身が意識して、この定数を積極的に破ることで、歌の内容だけでなく、歌集全体に〈變〉をもたらそうとした結果ではないかと推量する。とはいえ、その基底には、一日十首の多作によって、歌の内容が確かに変貌してきたという感触を、塚本邦雄自身も摑んだからということはあるだろう。いずれにせよ、『波瀾』の作品は明らかにそれ以前とは異質なものになっている。
それは塚本邦雄の内部に何かの変化が起こったということかもしれない。というか、何かが吹っ切れて、次のフェイズに進んだとの思いがする。きっかけが何かは想像するほかはないが、一つは前歌集の『不變律』による、迢空賞の獲得があるのではないか。賞が欲しかったという自己顕示欲ではなく、歌人としての裏返しの矜持ではないか。それを裏付けるのではないかと思わせる一節が『波瀾』の跋文にはある。

「第十五歌集『詩歌變』（不識書院刊）は、昭和六十二年第二回「詩歌文學館賞」を授與され、次に第十六歌集『不變律』は平成元年第二十三回「迢空賞」に選ばれることとなつた。望外の歡びとして自祝してゐる。加之、同時受賞の俳句部門作家が、はからずも、前回は加藤楸邨氏、このたびは三橋敏雄氏であつたことは、あまた裨益を蒙つた身ゆゑに、一入忝かつた。昭和三十四年第三回「現代歌人協會賞」の第三歌集『日本人靈歌』以來、三十年に近い歳月に、世に問うた歌集の數々の、その核にこめた志が、今日やうやく報いられたことに、いささかならぬ感慨を催し、かつ勵まされる思ひである。」

（「跋　凪を望まず」）

前の二巻の歌集の顕彰に対する自祝の言葉ではあるが、いささか屈折してはいないだろうか。まず、授賞機関への謝辞がない。あくまで自祝である。触れられているのは同時受賞であった俳人二人への感謝である。「三十年に近い歳月に、世に問うた歌集の數々の、その核にこめた志が、今日やうやく報いられたことに」とあるが、このフレーズの裏には、「歌集の數々」が報われなかったとの思いがあるのではないか。この「數々」には、たとえば『感幻樂』がある。『されど遊星』がある。『閑雅空間』がある。これらの歌集が何ゆえに迢空賞歌集として顕彰されることがなかったのか。現在の読者の視点で、作品の文学的価値を考えても、この三冊の歌集の刊行年に、塚本邦雄の歌業を凌ぐ歌集があったとは思えない。読者がそう思うのだから、塚本邦雄自身はもっともっと憤怒といっても差し支えない感情があったのではないか。いや、あったに決まっている。なぜ、もっと早く賞をくれなかったのか。今さら『不變律』が迢空賞になるのは、まさに六日の菖蒲、十日の菊である。慇懃な言葉を並べながらも、前掲の跋文には毒が籠められているように思う。

こう思うにはもう少し卑近な理由がある。前年の一九八八年五月に文芸評論家である山本健吉が亡くなった。山本健吉は詩歌の世界で隠然たる政治力を持っており、彼の気に染まない句集、歌集は俳壇、歌壇の賞を受賞できないという厳然たる裏事情があった。そして、山本健吉は塚本邦雄の作品を嫌っていた。きわめて濃厚な信憑性をもった噂であった。『詩歌變』は一九八八年三月に刊行された歌集であり、山本健吉の影響力が喪失した一九八九年に迢空賞を授与されたわけである。

よろこびの底ふかくして迢空賞うけしその夜のほとほとときす
淡きかな今年の紅葉　ふるびたる『現代俳句』屑屋に拂ふ

この二首は第十八歌集『黄金律』に収録されている。迢空賞という固有名詞が詠み込まれている一首目と山本健吉の不朽の名著『現代俳句』を屑屋に売り払うという二首目。ともに迢空賞受賞の一九八九年につくられた歌である。一首目は「紅葉變　1989年10月歌ごよみ」と題された日付の付された三十一首の八首目で「8日　日　曇一時雨　六月盡より數へて百日、すなはち」との詞書が付いている。百日前の迢空賞授賞式を回想しているように思える。そして実は塚本邦雄は迢空賞授賞式には出席していない。現代詩手帖特集版『塚本邦雄の宇宙』所載の松田一美編の年譜にも「六、七月、フランスのバスク地方周遊」と記されている。もちろんあらかじめ予定されていてスケジュール変更不可だったのかも知れないが、栄えある迢空賞の授賞式に、あえて欠席するというのは、絶好の意趣返しになっている。あまりにも遅すぎる賞は、いただくけれども、権威を否定してみせるとの意志がある。その自らの行為を百日後に回想しての「よろこびの底ふかく」にある「ほとほとときす」。「ほとほと」なる副詞を掛詞にして、季節外れのほととぎすが呼び出されている。ほとほととは「困った」とか「呆れた」とかの否定的な動詞に係るのが普通であり、十月八日のほととぎすは、やはり、六日の菖蒲十日の菊の類であるだろう。

二首目にはさらに露に悪意が満ちている。『現代俳句』は山本健吉の著作で、秀逸な現代俳句鑑賞の書である。おそらく、山本健吉の著作の中でもっとも売れた本ではないか。ロングセラーであり、角川選書版は今でも書店店頭を飾っているし、キンドル等々の電子書籍版も販売されている。古くなっていても、普通なら処分するような本ではない。もちろん事実ではないかもしれないが、虚構だとしたら、なぜここに山本健吉の『現代俳句』を選択したのか、やはり、意図が働いているとしか思えない。一日十首制作の中から、発表作品や歌集収録作品を厳選している中で、あえてこの作品は「玲瓏」に発表され、歌集『黄金律』に収載されたわけである。

私はこれを非難しているわけではない。一九八九年を境に、塚本邦雄の作品制作や歌集の編纂に、それ以前とは明らかに異なる意図があらわれているので、それを確認するために、まず作品を挙げてみたわけだ。

もう一度、『波瀾』の「跋　凪を望まず」から、冒頭の一節を引用する。

「第十七歌集『波瀾』は、前歌集『不變律』に續き、昭和六十三年早春に始まり、翌年、平成元年初夏までの、約十四個月間に發表した作品計五百十七首のうち、五百首を以て編んだ一巻である。序數歌集の中では、登載歌數が最も多く、製作期間は最短といふことにある。歌人として、また新たな出發の決意を迫られる時期に遭ひ、この五百首をひつさげて、敢へて大波瀾を期しつつ歌ひ出さう。」

この大波瀾の辞が、本当にこの歌集から始まる塚本邦雄の後期の歌業の、まさに大波瀾と呼ぶべきビッグウェーヴを検証してみたい。

3

『波瀾』の作品は、たとえばこのようなものだ。

一瞬南京虐殺がひらめけれども春夜ががんぼをひねりつぶせり
行き行きて何ぞ神軍霜月の鶏頭鶏冠《けいくわん》のなれのはて
押入の床に月さし封筒のうらなる「鯖江第三十六聯隊」
「ノモンハンにうち重なりて斃れしを」わが心之に向きて蒼き
春の夜の夢ばかりなる枕頭にあっあかねさす召集令状

戦争に関連する歌五首。一首目と五首目が歌集刊行当時の書評ではよく取り上げられた。ががんぼをひねりつぶす刹那に閃く血なまぐさい南京虐殺。無抵抗な生物を殺すサディスティックな快感に、日中戦争のさなかの殺戮事件のイメージが重なる。このような現実の戦中の事件名が歌に取り込まれるのは珍しい。この点も変化の一つだろう。

二首目は原一男監督の異色のドキュメンタリー映画『ゆきゆきて、神軍』が下敷きにされている。この映画では、奥崎謙三という男が、戦時中の上官たちを訪ね歩き、叫び、怒鳴り、時に殴りつけながら、戦争犯罪や、ついには人肉嗜食までをも告白させる。下の句の「鶏頭鶏冠のなれのはて」は、腐った人肉の色を連想させる。意図的な悪趣味といってもよいかと思う。

鯖江第三十六連隊は日清戦争の後に福井県の鯖江に置かれた歩兵第三十六連隊のこと。塚本邦雄にはこのほかにも日本の軍隊の連隊名を詠み込んだ歌がいくつもある。そしてそれらは語呂の良さや音数で選ばれたわけではない。この鯖江第三十六連隊は陸軍の歩兵連隊の主力として、日露戦争、シベリア出兵、第一次上海事変、南京攻略戦と近代日本の重要な戦闘にはほぼ出動している。もちろん、南京虐殺にもかかわっている。月の射す押入れの床に置かれた封筒の差出人名の鯖江第三十六連隊は、かつて親族の誰かが、この連隊に所属していた事実を示唆している。つまりは戦争の加害者である。現代の日本人の誰もが、かつて戦争の加害者であったかもしれないという不安をかきたてるのだ。

「ノモンハンにうち重なりて斃れしを」は歌集『桜』に所収されている坪野哲久の作品の上の句。下の句には「日本の兵と豈いはめやも」。ノモンハンは満州とモンゴル人民共和国の国境にある地名。一九三九年五月に満蒙の衝突が起こり、日本とソ連の戦闘に発展した。激しい戦闘が繰り返され、八千人を超える日本兵が戦死している。まさに、日本兵は「うち重なりて斃れ」たのである。

次の「あっあかねさす」の歌は塚本邦雄の読者に驚きを呼んだ。「あっ」の促音「つ」が小さな「っ」になっていたからだ。もちろんそれほどの驚愕の衝撃をもたらすために、かたくなに拒否していた現代仮名遣いを、あえて使ってみせたのだろう。つまりは軍国主義のシンボルとして、平和に暮らす国民を戦場へ駆り立てる召集令状への憎悪を、やはり忌避してやまない現代仮名遣いで表現してみせたということか。同時に現在の目でこの一首を感受する時、その恐ろしい予見性に注目するべきだろう。この歌の初出は「歌壇」一九八九年六月号、この年は平成元年であり、一月七日に天皇陛下の崩御があった。その後の大喪の礼や次の天皇の即位の儀式等々を見て後につくられたと思われる。天皇制をめぐるさまざまなものごとの復活に、戦前に通じるキナ臭さを感じ取ったのではないか。そして、「春の夜の夢ばかりなる枕頭に」という周防内侍の歌を本歌取りして、そこには恋の浮名ではなく、「あっあかねさす」召集令状が届くという予感。この時にはまだ想像力の世界のものでしかなかった召集令状だが、三十年後の現在、今や「日本に徴兵制は必要」と唱える政治学者があらわれているのである。さらには、日本国民の貧富の差の拡大で、経済的徴兵制などという状況まで囁かれているのである。真実の詩人の魂をもった詩人は世界に忍び寄る危機を誰よりも早く察知するとの箴言がある。まさに、三十年後の日本の暗い危機を見通していたのだと思わざるをえない。もちろん、今の時点から振り返っての解釈ではあるが、この作品の予見的価値はきわめて高い。

4

このような視点の他にも、作品にこめられる感情的な様々な要素の発現が、今までの塚本邦雄の作品よりも、ずっと強くなっているように思える。

『波瀾』

かきつばたばらりとおけば八疊の夜半《やはん》の青疊みだらなり
薏以仁《じゆずだま》のびちびちと鳴る比良颪パパと呼ぶなら愛してやらう
酒店「つゆじも」女だてらのほほづゑの杖ふらふらと秋終るなり
父あらばともにひらかむ冬の夜を緋々と北歐のポルノグラフィー

このような歌を読んで、私は違和感を覚えた。それまで塚本邦雄の短歌に対して抱いていた強い文学性と高雅なイメージをこれらの作は裏切っている。

たとえば四首ともに、「ばらりと」、「びちびちと」、「ふらふらと」、「緋々と」といったオノマトペが使われている。それも類型的なものだ。こういう語法はわざとやったとしか考えられない。そしてこれらの歌の内容も、スタンダードな塚本短歌とは異なる。

一首目は通俗的なエロティシズムがある。「ばらり」、「八疊」、「青疊」と畳みかけて、結句で「みだらなり」とダメ押しをする。かきつばたが、脱ぎ捨てられた着物とダブルイメージになり、和風の官能性がたちのぼってくる。まさに「淫」である。

二首目は法事の場面だろうか。数珠玉の「びちびち」にやはり妙なエロスがある。「パパと呼ぶなら愛してやらう」とは、誰が誰に言っているセリフなのか。普通に考えれば、中年男が若い女に言っているのだろう。外では比良颪が吹きすさんでいる。男の肉体には官能が滾っている。渡辺淳一の小説にありそうな場面である。

酒店「つゆじも」の一首の「女だてらのほほづゑ」の女は篠ひろ子あたりを思い浮かべれば

よいのだろうか。わけありなムードを醸し出す女性が、斎藤茂吉の歌集と同名の「つゆじも」なる名前の酒店にいる。女将なのか女性客なのか不分明だが、構図的にはよくある酒場の類型図。「ほほづゑ」の「杖」なる機知も褒めるほどのものではない。それに続く「ふらふらと秋終るなり」も詩歌的収束感覚は薄い気がする。

最後のポルノグラフィーの歌の声調は旧来の塚本邦雄的。ポルノグラフィーを形容する「北歐」もさしてひねった感じもしない。かつては北欧のスウェーデンはフリーセックスの国だとのイメージが日本人には刷り込まれていたものだ。これが「東欧」とか「中米」とかであれば、そこに意外性があり、想像力が発動しそうだが、この歌ではそうもいかない。「父あらば」なので、すでに父はこの世に亡いのかもしれない。とはいえ、この歌から感受できる世界は単調だ。

これらの歌は一言でいえばゆるい。しかし、そのゆるさは意図的なものに思える。何十首かの短歌を並べる際に、内容の地味な、いわゆる地歌を配することで、本当に読んで欲しい何首かを際立たせる技法は確かにあるが、これらのゆるい歌の配置はそれとはちがう強い意志を感じる。たとえば「ゆるき歌もまた我が短歌なり」とでもいうような開き直りの感覚である。『波瀾』とは、そのような開き直りの意志のもとで編纂された歌集にちがいない。ひとつ前の歌集『詩歌變』にも、いささかの気配はあるが、歌数の増加とそれに伴うゆるい歌の意図的提示は明らかにこの『波瀾』からの特徴である。

冬瓜《とうがん》のあつものぬるし畫面にはどろりとシルヴェスター・スタローン
ミス寝屋川が嫁ぎゆきたるひさかたの月見ケ丘もけならべて黴雨《つゆ》
ブーゲンヴィルにて死にぞこなひの毒舌のさえざえと二月盡の銭湯
蒸海膽《むしうに》のあけぼののいろの甘しあまし先進國首腦會議の腦
家移《やうつ》りのこの核家族五寸釘抜きあへず春日《はるひ》暮れつつあはれ
土を隔てて塚と坪あひ見《まみ》えゐき歌人名簿の「つ」の項に變
寫實派の實おそろしく春曉に突然の腓《こむらがへ》返り三分
廢品回收車を聲高《こわだか》に呼ぶ處女《をとめ》きみをみすててゆくはずがない
菅沼家葬儀直前葬儀屋がくりかへす「本日は晴天なり」

『波瀾』

ブラックユーモア、黒い哄笑も塚本邦雄短歌の一つの特徴である。そういう苦い味の作品を引いてみた。文明批評や鋭い毒舌があらゆる方向に向いて、火花を散らしている。

シルヴェスター・スタローンの当たり役は家族思いの不屈のボクサーのロッキーと孤高の戦士ランボー、その予定調和の物語に「ぬるし」、「どろり」といった不快感を感じ取ったのだろう。ミス寝屋川なる選出にどれほどの意義があるのか。ぬばたまのではなく、ひさかたの月見ケ丘も名前ほどの土地ではないだろう。黴雨が続けば、土砂崩れだってあるかもしれない。銭湯で昼間から言いたい放題のご老人はブーゲンビル島帰りの元下士官か。九死に一生をえて帰還した運の強さはさすが。今や米軍のマヌケさ、日本軍の将校たちの無能さ、政治や嫁の悪口ととどまることを知らない。これも平和な日本の一光景。

先進国首脳会議の「脳」とは何か。能ではなくて脳であるところも、確かに蒸した海胆のように甘いのだろう。冷静に考えれば先進国首脳会議などと名のることさえ僭越でおこがましいことなのだ。歌の底に嘲笑が響いている。次は落語の「粗忽の釘」を思わせる設定だ。塚本邦雄には「受難《パッション》」というやはり「粗忽の釘」を下敷きにした掌編小説がある。小説では、壁に釘を打ったら隣室のキリスト像の背中から胸を貫いてしまったとのブラックきわまりない受難が描かれる。この歌からは、そこまでは読み取れないが、「核家族五寸釘抜きあへず」からは、のっぴきならない些事の悲劇がうかがえる。そして、歌人名簿の變の歌。塚本邦雄、土屋文明、坪野哲久の並びが、一九八八年の坪野哲久の死、一九九〇年の土屋文明の死によって、不動だった並びに「變」が生じたのである。このような形而下の素材を扱うのも塚本短歌にとっては、一つの「變」ではある。

「寫實派の實おそろしく」は写実なる近代短歌の技法への懐疑。実を写すなどとはおこがましいにもほどがある。そう蔑した罰か春暁の腓返り。それは確かに恐ろしい。写実ならぬ現実の激痛である。廃品回収車を大声で呼ぶ女。それがあたかも廃品として回収されてしまうのが相応しい処女である。これも前掲の「ミス寝屋川」に匹敵する皮肉である。最後の葬儀屋の歌は滑稽のようで、人生の真実を衝いている。人間は晴天に死ぬこともあるのである。一方、葬儀屋もマイクテストに他のフレーズなら、何を言えばよいのか。かつて保険屋は「ゆふべひたひを光らせて」「遠き死を賣りに」来たものだ。いずれにせよ、黒い笑いが意図されている。

そして、この部分がさらに強調されて行くのが次の歌集『黄金律』とさらに次の歌集『魔王』なのである。

5

『黄金律』は一九九一年花曜社刊。塚本邦雄にとっては第十八冊目の歌集となる。収録歌数は五百首。「一九八九年朱夏から一九九一年新春までの、約十八個月、（中略）この期間の未發表作は約五千首にのぼる。」と「跋　わが黄金時代への旅の餞」に書かれている。結果論的に言えば、この歌集は翌一九九二年に第三回斎藤茂吉短歌文学賞を受賞する。この受賞もまた、「何をいまさら」の感がある顕彰である。ただ、塚本邦雄は一九七七年の『茂吉秀歌①『赤光』百首・評釈』から、一九八七年の『茂吉秀歌⑤『霜』から『つきかげ』まで百首・評釈』で、斎藤茂吉のすべての歌集の中から秀歌を選んで評釈するという力業を果たしている。それを思えば、斎藤茂吉文学賞なら、受ける必然があると思ったのかもしれない。こういう心理の推測は文学とは違う次元のことかもしれないが、表現者の表現意志には多かれ少なかれ影響を与えざるをえないと思うのだ。この受賞で大きな一つの達成感を得たことは確かであろうと思う。

もう一つこの時期の塚本邦雄の実生活に大きな変化があった。一九八九年即ち平成元年四月から近畿大学文芸学部教授に就任したことである。この事実もやはり格段の達成感、充実感を塚本邦雄の精神に齎したのではないだろうか。いかに文学至上、芸術至上こそが信条であったとしても、滋賀県立神崎商業卒業という学歴にいささかの不満、かすかな劣等感のようなものがなかったとは言えない。それが乞われての大学教授就任ということになれば、形而下の満足感はあったと思う。口には出さなかったかも知れないが、大学の文芸学部の教授というポジションが嬉しくなかったはずがない。もちろん、自分の信じて創造してきた文学の真髄を学生たちに教えることができるという新たな挑戦の喜びが最大のものであっただろう。そして、繰り返すが社会的地位としての大学教授就任という満足感。

近畿大学文芸学部教授就任が一九八九年四月。歌集『波瀾』の跋文「凪を望まず」の執筆日付が同年六月八日。この文章には大学教授就任の記述はない。次の『黄金律』の跋文「わが黄金時代への旅の餞」の執筆日付は一九九一年三月三十一日。すでに、大学で教鞭をとってから丸二年の歳月が流れている。しかし、こちらにも大学に関する記述はない。そして、どちらの跋文にもヨーロッパ旅行に関する詳細な記述はある。『黄金律』の跋文には、加えて、NHKセミナー「20世紀の群像」に出演し「斎藤茂吉」を担当し「佛説阿彌陀經やウィーン小唄をBGMに、一氣呵成に大歌人の核心を抽出して語り、みづから納得するものもあつた。」と満足の意を書き記し、さらに紫綬褒章伝達式で、「短歌研究」昭和二十六年五月号の「モダニズム短歌特輯」に並んで掲載された版画家の吉田穂高と「これまた四十年を回顧、歡談した」と書かれている。大学での講義や学生との交流の記述があってもおかしくないと思うのだが、むしろ、あえて書いていないような気さえする。書かないことが、一つの矜持となっているということか。聖域としての大学という思い、信念があったのかも知れず、それがまた、大きな力となってこの時期の短歌に反映されているとも考えられる。強烈な躁のエネルギーの迸りを感じさせるのが、この『黄金律』の作品なのである。

6

では、作品を具体的に読んでみたい。

『黄金律』

復活のだれからさきによみがへる光景か　否原爆圖なり

秋分の蚤の市にて見出でける銀の匙血をぬぐひたる痕

秋夜モノクロ映畫幻滅ハンバーグステーキ啖ひゐるバーグマン

雑沓に火のにほひ曳く大男野を焼き來しか妻焼き來しか

地異あらばたのしからむにわかくさの妻が蜥蜴をはじきとばす

汝の死をおもひゐるとき瑠璃色に光れりき糞蠅が一瞬

涅槃會の夕べわきたつ漫才は美男シルクと醜男《ぶをとこ》コルク

愛犬ウリセスの不始末を元旦の新聞で始末してしまつた

春晝のしじま食堂にこゑあつて「はやく雙生兒をたべておしまひ」

幼女虐殺犯の童顔それはそれとして軍人勅諭おそろし

さらばこころざし銀蠅が白飯《しらいひ》にむらがりてかすかなるコーラス

水無月朔日この嘔吐感、執拗にTVに海龜産卵のさま
淡きかな今年の紅葉　ふるびたる『現代俳句』屑屋に拂ふ
早く鱶鰭餃子《ふかひれぎようざ》をたべてあれ御覽アフリカで子供が死にかけてゐる
臍柑《ネーヴル》の臍はここぞと切尖《きつさき》をあてたり　殺さるるかいつかは
海戰のごとし朱椀が波だちてわかめきれぎれに沈みつ浮きつ

今までの塚本邦雄作品のイメージからはかなりかけ離れていると思うだろう。これらの歌の印象は一言でいえば「悪趣味《バッドテイスト》」。

この「悪趣味《バッドテイスト》」というキーワードを、この歌集『黄金律』と次の歌集『魔王』の主旋律であると私は考えている。

一首目から強烈なイメージの展開である。満員電車から乗客が次々に出て来る映像を逆回しで見せて、人々が後ろ向きに歩いて電車に吸い込まれて行く映像を、テレビなどで見せられることがあるが、それを想像すればよい。たとえば丸木位里の「原爆の図　幽霊」を見て、そこに描かれた人間が「復活」する姿と思えば思えなくもない。しかし、すぐにそれは「否原爆圖なり」と否定する。こういう発想は凡人の頭からは出ない。しかし、これはまぎれもなく悪趣味である。原爆の図を茶化すことは普通の倫理観ではできない。

以下の歌を一首一首読み解いて行くのも実は気が重い。銀の匙に見つけた血をぬぐった痕。生理的に気持ちが悪い。ハンバーグをもりもりと喰らうイングリッド・バーグマンの口元。も

ちろんバーグマンは世界的な美人女優ではあるが、その口元だけを見せられるのは確かに幻滅かも知れない。

雑踏の歌は春の季語でもある野焼きが、一転して妻殺しの隠蔽の火炎に転化する。次は若草の妻が気味悪がりも怖がりもせずに、蜥蜴をはじきとばす姿。さて、天変地異があるのだろうか。大地震が起こり、地面に走った亀裂に、蜥蜴もろとも若妻が転落していく姿を妄想するのだろうか。

次の歌の「汝」が具体的に作中の主体とどのような関係なのかはわからないが、悼む心を糞蠅に邪魔されてしまうとはなんたることか。瑠璃色という蠅の色さえも不潔に感じる。そして、涅槃会の余興の漫才師。いや、テレビを見ているのかも知れないが、シルクは絹のようにつやつやした美男子、相棒のコルクは荒れた木肌のように顔の肌がごつごつブツブツとした醜男か。涅槃会の仰々しさに飽きれば、こういうコンビ、シルク・コルクの漫才なら聞いてみたい気もするが。

ウリセスなる犬の不始末を始末した元日の新聞には、さまざまなめでたい記事が載っていたのだろう。声高ではないが、悪意が歌の底に流れている。次の「雙生兒」と「ソーセージ」の同音異義語の提示は珍しくはないが、春の昼の食堂で調理され、食べられてしまう双生児と思えば、きわめてグロテスクではある。

幼女虐殺犯の童顔という提示には、当然、この歌がつくられた時期に世情を騒がせていた四人の幼女の誘拐殺人犯・宮崎勤の顔が連想されているはずだ。宮崎の犯行は一九八八年から八九年にかけてであり、逮捕は八九年八月であった。この一首を含む「かつて神兵」の初出は「短歌研究」一九九〇年五月号である。時事、事件をこのように反映した歌は『日本人靈歌』の頃を想起させる。そして、下の句では「それとして軍人勅諭おそろし」と展開している。本来、死滅したはずの軍人勅諭がいつのまにか復活しようとしているのか。あるいは、どこかで、軍人勅諭を暗唱している人間がいたのか。この短歌から二十数年後に、園児に教育勅語を唱えさせるモリトモ学園なる学校法人が出現したわけであるから、予見性を認めてもよいのではないか。シリアルキラーよりも軍人勅諭に象徴される軍国主義の復活の方が恐ろしいという歌人の鋭い感受性の在り方である。

次の作品。銀蠅が群がる白飯を想像するだけでぞっとする。どんなこころざしを持っていたにしても、こんな場面を見たら萎えてしまう。結句の「かすかなるコーラス」は、銀蠅の羽ばたきの唸りだろうか。実は歌意は把握しにくいのだが、銀蠅に覆われた白飯の不快な映像だけは鮮明である。次の嘔吐感の歌もまさに嘔吐をもよおさせる。海亀の産卵の様子は、BSチャンネルなどで見た記憶がある。動物の生命力に感動する人もいるかもしれないが、動物があまり好きでない人にとっては、嫌悪すべき映像ともいえる。排泄のようにも見えなくはないわけで、執拗にテレビ画面に映し出されたら吐き気をもよおしても不思議はない。歌の初句の「水無月朔日」がそれ以下の描写を中和しているかといえば、そうでもない。この歌を読んだ後に残るのはやはり嘔吐感のみである。

次の「淡きかな今年の紅葉」の歌は、前に論じたとおり、山本健吉の名著『現代俳句』を屑屋に払い下げてしまうという悪意がきわだつ歌。初句二句に正統的な和歌の美意識を詠じて見せて、よけいに三句目以下を貶めている。次の鱶鰭餃子の歌は贅沢な中華料理とアフリカで飢餓に苛まれる子どもとの対比。やや図式的な対比の気もする。結句の「死にかけてゐる」が高見の見物と言った不快なイメージを強めているわけだ。もちろん、あえてそうしているわけである。

臍柑の臍の歌は切腹のイメージ。「ここぞと切尖をあてたり」ときわめてむごたらしいイメージを拡大している。そして、ネーブルと同じように、自分も腹を割かれて殺される日が来るのかもしれない。あるいは南京大虐殺もこの歌の背後には暗示されているのか。想像力はいくらでも広がる。最後の海戦の歌。朱色のお椀にワカメのお吸い物。本来なら食欲をそそられる場面といえる。しかし、そのワカメを海での戦争の後の浮遊物、そこにはもちろん生者死者を問わず人間たちもたくさん浮遊している。浮きつ沈みつする瀕死の水兵たちを想像すれば、とてもそのお椀に手をつける気持ちにはなれない。食欲という人間の基本的な欲望を委縮させてしまう短歌、これも意図的にそう描いているわけである。

悪趣味即ちバッドテイストがきわだった歌を鑑賞してみた。仮にこれらの作品で生まれて初めて塚本邦雄の短歌を読んだ人が居たとしたら、良いイメージを持つとはとても思えない。『感幻樂』の歌人がこのような作品をなしてしまう変貌。この塚本邦雄短歌の「豹変」を注意深く読み取り、鑑賞しなければならない。

憂きわれをさびしがらせて後架よりひびき來る吊り捨ての風鈴
乳飲兒《ちのみご》がわめく空木《うつぎ》の垣の內すてつちまつてすむものならば
砌の水に水葵濃しふるさとは遠きにありてにくむものか
秋茄子のはらわたくさる青果市この道や行く人にあふれつつ
『黄金律』

一読してわかる通り、これらの四首ともに、本歌取り本句取りである。

一首目は松尾芭蕉の〈憂き我をさびしがらせよかんこどり〉を元句として、便所の風鈴を詠っている。風鈴は夏の季語であるが、後架に吊り捨ての風鈴とは、考えようによってはきわめて俳諧味に富んでいるともいえようか。芭蕉の一句を受けて、便所に吊るしてある忘れられた風鈴の音を呼び出してみせる。季節は秋も深まった頃だろうか。確かにそんな風船の音はさびしさをつのらせるに決まっている。もう一つ陰の本句として、夏目漱石の〈ほととぎす厠なかばに出かねたり〉があるのではないかと私は思っている。これは明治四十年に、時の総理大臣西園寺公望が森鷗外、幸田露伴、島崎藤村、田山花袋ら、活躍中の文士たちを自邸に招いて懇談した雨声会への欠席の断り状に書いたと言われる一句。漱石は反権威的な思いから招待を断ったとされている。塚本邦雄自身は叙勲などは断ってはいないものの、権威に媚びない志は漱石に負けるものではない。そこに通じ合う思いがありそうだ。

二首目は竹下しづの女の代表句〈短夜や乳ぜり泣く児を須可捨焉乎《すてつちまおか》〉。嬰児が泣きやまず思わず「捨ててしまおうか」と思ってしまう母親の疲れきった心理。空木は卯の花であり、夏の花。暑さの中でいっそう赤子の泣き声が神経を苛立たせる。「すてつちまつてすむものならば」なるひらがなの表記はしづの女の漢詩調の漢字表記の逆を行ったものか。「空木の垣の内」なる古典的な設定が、それこそ源氏物語の昔から、蒸し暑くなれば嬰児は泣きわめき、泣くからといって現実的には捨てるわけにはいかない母親の苛立ちをあらわしている。

三首目は室生犀星の「ふるさと」の本歌取り。「ふるさとは遠きにありておもふもの」を「ふるさとは遠きにありてにくむものか」と望郷から憎悪へと詩句の想いを転じている。上の句の「砌の水に水葵濃し」という一見、故郷の懐かしく美しいイメージだが、実はこれは陰湿きわまりない地縁血縁のシンボルだろう。冷静に観察すれば水葵が繁茂してぬるぬるの砌など、気持ちが悪いだけである。これはまさしく憎むべきものであるだろう。

最後はもちろん斎藤茂吉『赤光』の一首〈赤茄子の腐れてゐたるところより幾程もなき歩みなりけり〉と松尾芭蕉の〈この道や行く人なしに秋の暮〉を本歌、本句にして「青果市」というスパイスでハイブリッドしてみせた作品。新鮮な秋茄子は秋の代表的な野菜であり、美味である。しかし、そのはらわたが腐っているとは。不潔に腐乱した茄子は不快である。そんな青果市の路上はごったがえすほどに混んでいる。さまざまな比喩として読める歌だ。本歌、本句の本意から探れば、歌の道、俳句の道なのかもしれない。腐っているのにあふれるほどに人が集まってきて、真の短歌とも俳句とも言えない蕪雑なまがいものばかりが量産されている現状。わかる人にだけわかればよいという強烈な皮肉の一首ではないか。だからこそ、茂吉と芭蕉という二巨人の作品を適当に混ぜ合わせたオリジナリティ皆無の一首をつくってみせたような気がするのだ。
最後にこの二首。

生牡蠣すすりくらふをやめよまざまざと國葬の日の霙のいろ

鮮紅のダリアのあたり君がゆかずとも戰爭ははじまってゐる

『黃金律』

一首目は一九八九年二月二十四日に執り行われた昭和天皇の大喪の礼、二首目は一九九一年一月十七日に勃発した湾岸戦争を主題としている。

昭和天皇の大喪の礼の日は確かに東京は霙が降っていた。大喪の礼という最も厳かな儀式を生牡蠣をすすりながらテレビで見ている誰か。もちろん事実ではないだろうが、やはり、趣味のよくない組み合わせに思える。

次の歌は真冬に勃発した戦争に対して、鮮紅のダリアというのは季節ちがいではないかとの疑問もわく。間違っているかもしれないが、イラクやクウェートの油田が爆撃されて、燃え上がる火焰をダリアに見立てたのかと思う。もう一つの考えとしては、イラクが突如、クウェートに侵攻を始めた八月二日の真夏のシンボルとしてのダリアなのだろうか。

いずれにせよ、この戦争という主題による一首は、次の歌集『魔王』につなげるために、巻尾に置かれたことはまちがいない。

塚本邦雄にとって、戦争は人生の前半における最大の忌むべき事象であり、そこには昭和天皇や日本軍に対する激しい感情の動きがある。それを具体的に鑑賞してみたいと思う。

7

『魔王』は塚本邦雄の第十九歌集。一九九三年三月一日に書肆季節社から刊行された。まず、この歌集の中から、文句のない秀歌と私が思う歌を引いてみる。

黑葡萄しづくやみたり敗戰のかの日より幾億のしらつゆ
建つるなら不忠魂碑を百あまりくれなゐの朴ひらく峠に
離騒《りさう》一篇われもものせむ別れなば文藝のうつり香のかたびら
たまきはる命を愛《を》しめ空征かば星なす屍《かばね》などと言ふなゆめ
文學の何にかかはり今日一日《ひとひ》ぬかるみに漬かりゐし忍冬《すひかづら》

黒葡萄の一首はもちろん斎藤茂吉の『小園』の絶唱〈沈黙のわれに見よとぞ百房の黒き葡萄に雨ふりそそぐ〉を受けているわけだ。茂吉は雨に濡れる黒き葡萄を沈黙のまま凝視して敗戦の悲傷を嚙み締めた。しかし、塚本邦雄の歌では、茂吉がみつめた黒葡萄のしずくがやんだ後に流された幾億のしらつゆ、つまりは敗戦国民の泪の比喩にちがいない。孤としての茂吉の想像しえなかった圧倒的多数の国民の悲傷を塚本の歌は呼び起こしてみせてくれている。

不忠魂碑の歌は、戦争中に不忠であったものこそ讃えられるべきだとの逆説だろう。塚本邦雄自身も自分は不忠の徒であったと自認しているだろう。「くれなゐの朴ひらく峠」という下の句も不思議だ。朴の花は普通は白い。それがくれないになるということは、戦争で流された兵士や非戦闘員の血を吸って、真紅に咲く朴の花か。鮮烈なイメージに決して忘れることのできない怨恨の感情が流れているが、一首の美的結構は崩れていない。

「離騒」は楚の屈原作の長編詩。塚本邦雄が私家版離騒を書けば、それは昭和前期の戦争を超絶技巧的なレトリックと比喩で厳しく歌いあげたものになるだろう。「別れなば」を挟んでの下の句「文藝のうつり香のかたびら」とは文と武の融合したみごとなフレーズだ。

四首目は「海行かば」の本歌取り。「海行かば水漬く屍、山行かば草生す屍」なる歌詞が「空征かば星なす屍」と転じている。ゼロ戦や隼が空中戦に散った。神風特攻隊で多くの若い命が散華した。それを「星なす屍」などと讃えられてはたまらない。まさに、「たまきはる命を愛し」むべきなのである。戦時中の大本営発表の冒頭曲として否応なく国民の耳になじまされていた曲を苦く擬いてみせている。

最後の一首。文学に関わり続ける自分への鋭い自問自答。下の句の「ぬかるみに漬かりゐし忍冬」とは、やはり忸怩たる思いがこもっているわけだ。忍冬はスイカズラ。忍と冬という漢字の組合せに耐え忍ぶイメージがある。

これらの歌は塚本邦雄の他の歌集に入っていても、秀歌と呼ばれてしかるべきものだと思う。これらの作品が歌集の文学的価値を保証しているとした上で、次のような作品は如何に受けとめられるべきなのだろうか。

不法駐車のロメオに爪を立ててゐる婦人警官のあはれ快感
煤掃きの押入れに朱の入日さし古新聞の絞首刑報
金の折鶴踏みつぶしつつ「幼稚園々児のための詩」に出講す
憲法もさることながら健吉の名を言ふこともなき蓬餅
海征かばかばかば夜の獸園に大臣《おとど》の貌の河馬が浮ばば
素戔嗚神社神籤《みくじ》の函に私製《わたくしせい》大凶の籤混ぜて歸り來
「不待戀《またざるこひ》」の左、拙劣　右、剽竊《へうせつ》　沙汰のかぎりの持《ぢ》と申すべし
ほととぎす聞くきぬぎぬの騎乗位の最後のかなしみがほとばしる
世紀末まなかひにある花の夜をいくさいくさいくさいくさい

『魔王』

一言で感想を言えば、悪ふざけだろうか。不法駐車の高級外車に爪を立てて傷をつけている婦人警官。そんな不埒な婦人警官が絶対に居ないとは断言できない。年末の大掃除の際に、押入れに敷いてある古新聞の見出しに惹かれてつい読みふけってしまうことは誰にでもある。しかし、その見出しが死刑囚の絞首刑が執行されたというもの。次の歌は幼稚園児に詩のたのしさを教える講師の蛮行。三首とも読者に悪ふざけを仕掛けているように思える。
次の憲法の歌。健吉とはやはり、因縁の山本健吉だろう。しかし、この歌に山本健吉の名を

出す必然性はない。「海征かば」と厳かに詠い始めて、その仮定条件の「かば」の音を引きずって、夜の動物園に強引につないでしまう言葉遊び。大臣の貌の河馬というのも滑稽だが、カバに似た容貌の大臣というのは、昔も今も居たのではないか。滑稽さにも毒が滲みだしている。次の歌の素戔嗚神社に私製大凶の籤を混ぜるという行為はまぎれもなく悪ふざけとしか言いようがない。

次の「不待戀」の歌、数多く催された歌合せの中にはおそらくこんな凡戦もあったのだろう。拙劣と剽窃の持、プロレスならば両者リングアウトというところか。記録には残らない「沙汰のかぎり」の阿呆らしさか。「きぬぎぬの騎乗位」というのも、あり得た状況であろうが、誰も歌には詠わなかった素材である。「ほととぎす」と「かなしみ」で挟めば、俗の極みも雅に反転するということか。そして最後の「戦」が「臭い」に転位する歌。上の句は美しくまた危ういフレーズながら、まさか「臭い」に着地するとは予想不能である。しかし、戦即ち戦争というものは確かに「臭い」という感覚と直結していると言えようか。空襲で落とされた焼夷弾は焦げ臭さを充満させる。爆弾では人もたくさん死ぬわけだから、肉体も焦げるし、死体は放置されれば腐る。悲惨な臭気がたちこめた戦場や広島や長崎の焼け跡の記録は数多く残っている。それらを想起すればまぎれもなく「いくさ」は「くさい」のだ。

『魔王』には「跋―世紀末の饗宴《ガラ》」と題された六ページにわたる文章が付いている。一部を次に引用してみる。

「發表誌は私の砦にして宮殿《シャトー》たる「玲瓏」、毎季必ず二十一首三聯の六十三首を掲げ、これだけで八回五百首となる。主題は短歌なる不可解極まる詩型の探求であり、謎の巣窟たる人生と世界への問ひかけであつた。その核に〈戰爭《ラ・ゲール》〉のあることは論をまたない。今日もなほ記憶になまなましい軍國主義と侵略戰爭、今日も世界の到るところに勃り、かつ潛在する殺戮と弑逆。明日以後のいつか必ず、地球は滅びるといふ豫感、その絶望が常に、私の奏でる歌の通奏低音となつて來た。今後もそれは續くだらう。」

この文章の後に自作を十六首引いている。

翌檜《あすならう》あすはかならず國賊にならうとおもひ　たるのみの過去

『魔王』

罌粟壺に億の罌粟粒ふつふつと憂國のこころざしひるがへす

血紅の燐寸《マッチ》ならべる一箱がころがれり　はたと野戰病院

わけのわからぬ茂吉秀吟百首選りいざ食はむ金色《こんじき》の牡蠣フライ

風の芒全身以て一切を拒むといへどただなびくのみ

半世紀後にわれあらずきみもなし花のあたりにかすむ翌檜《あすなろ》

十六首中から六首を引いた。前半三首が〈戦争〉、後半三首が〈人生と世界〉をテーマにした作品である。自信作ということだと思う。ここに引用はしなかったが、〈建つるなら不忠魂碑を百あまりくれなゐの朴ひらく峠に〉の一首も十六首の中に入っている。

翌檜の歌の国賊になろうとは、戦争に反対するとの意志であろう。二首目の憂国の志も同様の想いにちがいない。野戦病院の一首は血紅のマッチとの配合で、野戦病院の残酷な現実を映し出している。朝鮮戦争時の野戦病院を舞台にしたロバート・アルトマン監督のブラックユーモア映画『M★A★S★H』をイメージしているのかもしれない。

〈人生と世界〉の三首も苦みに満ちている。茂吉秀吟は文藝春秋から刊行した『茂吉秀歌』五部作のことであろうか。それともこの五部作に選ばなかった歌ばかり選んで、まさに「わけのわからぬ茂吉秀吟百首」を選んだということなのか。皮肉に満ちた一首だ。また、芒の歌は「一切を拒む」と意志が固そうなことを言いながらも、実は抵抗ではなく「ただなびくのみ」ではないかと、やはり意地の悪い蔑言を投げかけている。

今まで読んできた歌でわかるように、『魔王』では意識的に想像力を開放して、あらゆる抑制を弾き飛ばしている。その破壊的な想像力がここまで破天荒になるものかと呆れるほどの作品を読んでみたい。

茂吉が見たる子守の背《せな》の「にんげんの赤子《あかご》」果して何になりしか
菖蒲湯ぬるし五分沈まば死に得むにそのたのしみは先にのばす
たたみいわし無慮數千の燒死體戰死といささかの差はあれど
幼稚園青葉祭の園兒百　なぜみな遺兒に見えるのだらう

むかし「踏切」てふものありしうつし世に踏み切り得ざる者を誘ひき
千手觀音一萬本のゆびさきの瘭疽《へうそ》をおもふこの寒旱
被爆直後のごとき野分のキオスクのビラ、口歪めイザベル・アジャニ
反轉横轉しつつ筵にひしめけるちりめんざこのこの遺棄屍體

よくこんなことを思い浮かべたものだと息を飲む。

一首目は斎藤茂吉の『赤光』の一首〈にんげんの赤子を負へる子守居りこの子守はも笑はざりけり〉を元歌としている。本歌取りと言うより、パロディと言った方がよいか。茂吉の歌は子守の少女の不機嫌さを詠っているが、塚本邦雄はこの歌の「にんげんの赤子」という奇妙な表現から発想している。「人間」ではなく「にんげん」。茂吉の表記も意味不明なのだが、その赤子が成長して何になったのか。とても、まともな人間になったとは思えない。妖怪か物の怪か。塚本邦雄の歌に出会わなければ、いたいけな赤子の将来を思いやる歌として読めた歌が、何か怪奇なイメージに転化してしまう。

次の歌は年配者の事故死が多い、浴槽での溺死。意図して菖蒲湯に五分浸かれば、誰であろうと窒息死するだろう。自死もまたたのしみと認識する虚無。家族が亡くなった浴槽をその後も使い続けることは普通ならできないから、遺族への嫌がらせの気持ちもあるのかもしれない。そういう昏いたのしみか。

次のたたみいわしの歌はとりわけ凄まじい。焼きあがったたたみいわしが無慮数千の焼死体

に見えると詠っている。たとえば東京大空襲の写真などを見ると、たたみいわしに見えないことはない。東京大空襲の市民、非戦闘員の死者の数は十万人超ともいわれて、無慮数千どころではないが、或る意味タブーである空襲の様をこのようにブラックユーモアで詠う手法には驚かされる。普通の歌人では、ここまでは詠えるわけがない。まさに悪趣味、バッドテイストの極みだと思う。この異様ともいえる想像力の爆発が歌集『魔王』の最大の特徴なのである。

次の遺児の歌も同一線上にある。幼稚園児百人の写真に「XX事件の遺児たち」とのキャプションをつければ、そう見えてくるから不思議だ。実際の葬儀の場でも父親が亡くなった幼児が何もしらずにはしゃぎまわっているのを見ることがある。そういう痛々しさを悪意で反転させると掲出歌になるのではないか。

次の踏切の歌もイヤな歌である。かつて踏切で電車に跳び込む自殺行為はかなりの数を占めていた。今は高架になったりして、踏切自体が減ったので、踏切自殺者の数は減ったかも知れないが、ホームから跳び込む鉄道自殺者も含めれば、実はあまり減っていないのだろうと思う。そして踏切。このように詠われてみると、よくも「踏切」などという言葉をつくったものだ。まさに「うつし世に踏み切り得ざる者を誘ひき」である。当然、明治以降につくられた造語かと思うが、こんな不吉なイメージをもってしまうことに、言葉をつくった人は気づいていたのだろうか。たたみいわしの歌に劣らずイヤな気分を掻きたてる歌だ。

千手観音のすべての指、一万本の指が同時に瘭疽になり、ずきずき疼いているとしたら、拷問並の不快感だろう。この発想もよくぞ出てきたものだと思う。瘭疽の痛み、疼きを経験したことがある人ならば、この不快感はわかるはず。たった一本の指が瘭疽になっても、眠れないほどズキズキ疼くのである。一万本の指が一気に化膿して疼いていたらいかに千手観音でも平静ではいられまい。仏教の戒律を破戒、いや破壊するような歌である。

イザベル・アジャーニはフランスの女優。「被爆直後のごとき」という直喩はどのフレーズにかかるのか。これは下の句の「口歪めイザベル・アジャーニ」にかかっていると思う。具体的にどのような状況でイザベル・アジャーニが口を歪めているのかは不明だが、「被爆直後の」という比喩は凡な歌人ではとても使えない。

そしてちりめんざこの遺棄死体の一首。たたみいわしが焼死体ならちりめんざこは確かに反転横転の遺棄死体であろう。たたみいわしは完全に焼けただれ、焦げてそれぞれが密着しているが、ちりめんざこは一尾一尾は独立しているから、断末魔の七転八倒のさまに見えるではないか。

これらの悪趣味な作品群は戦争への怒りのあらわれとして詠まれているように思う。戦争とはこれほど不快で悲惨で吐き気をもよおすような場面ばかりなのだということを、これでもかとばかりに見せつけてくれているのだ。

焼死体や遺棄死体は戦争ゆえのもの。たくさんの非戦闘員が爆撃で死んだら、その分だけ遺児や孤児も増える。浴槽や踏切での自殺の歌は戦争とは一見無関係に見えるが、軍隊や戦場では自ら命を絶った兵士も少なくなかったという。そして千手観音の筆舌に尽くしがたい苦悶はありとあらゆる戦場で無数の兵士や非戦闘員が味わった痛苦にほかならない。そう思って読めば、一首目の「にんげんの赤子」の成長した姿とは、あるいは核爆発被曝後の突然変異のミュータントを想定すべきなのか。

読者として想像力を駆使すればするほど、グロテスクなイメージが広がり、イヤでたまらない気持ちになる。こんな短歌を読まなければ良かったと後悔する人もいるかも知れない。要は悪趣味、バッドテイストということである。少なくとも『魔王』以前の歌集には、このようなバッドテイストというべき作品はなかった。仮にあったとしても一首か二首だったと思う。

この時期の塚本邦雄は一日十首制作をしていた時期である。あとがきにも「年間制作三千六百餘首、採用はその一割、殘るところ九割の三千三百首を闇に葬らうとする時の快感は、時として充實感そのものである。つくり作り創つて後にしか、この法悦に近い自足の念はあるまい」。このように、歌集に収録されている作品は厳選に厳選を重ねられた会心の作ということである。つまり、意識的に選択された主題の一つが悪趣味、バッドテイストということなのである。まさに魔王という題名にふさわしい歌群がこれらなのである。

8

戦争への憎悪が、このようにグロテスクな表現をあえて選ばせている。そう考えるのが正解だろう。最後に戦争への憎悪を詠みながら、バッドテイストとは異なる色合いの歌を挙げてみたい。

淡路島緋のくらげなしただよへり昨日日本は雲散霧消
朝顔の紺のかなたに嚠喨たり進軍喇叭「ミナミナコロセ」
この世のほかの想ひ出くらき日の丸の餘白の署名百數十人《ひやくすじふにん》
日章旗百のよせがきくれなゐがのこりてそこに死者の無署名
銃後十年かの一群をぼくたちは罪業軍人會《ざいごふぐんじんくわい》と呼びゐき
藍の繪皿に虹鱒一尾のけぞれり大東亞戰爭つて何世紀前？

一首目はいきなりの日本滅亡、それどころか雲散霧消というのである。淡路島のみが残り、緋色のくらげのように漂っている姿。国生みならぬ未来の国死にの神話の幻景であろうか。無茶な内容ではあるが、歌としての佇まいは古格で、すっきりとしている。

「朝顔の紺」の歌は石田波郷の〈朝顔の紺のかなたの月日かな〉を元句として、後半は軍隊の進軍喇叭の歌詞。「デテクルテキハ、ミナミナコロセ!」と歌われた。ちなみに起床喇叭は「オキロヨオキロ　ミンナオキロ　オキナイトハンチョーサンニシカラレル」である。たとえ朝顔の紺色が美しくとも、進軍喇叭が嚠喨と鳴り響いたら、敵を殺すために突撃しなければならない。それが戦争である。

日章旗に家族や友人が寄せ書きをして出征する兵に持たせるというのは、日本の戦時中の一つの習慣、「生きて帰れ」との願いのお守りだった。和泉式部の〈あらざらむこの世のほかの思ひ出にいまひとたびのあふこともがな〉を受けて、「日の丸の餘白の署名百數十人」の思いはむなしく、寄せ書きの日章旗を受け取った兵士はこの世のほかへと旅立ってしまったわけだ。そして日章旗に残った「くれなゐ」とは当然、血の跡であり、そこに百人の署名はあろうとも、贈られた兵士、そして戦死した兵士の名前はそこにはない。戦争中に塚本邦雄はこのような寄せ書きが書かれる場面を何度も見ていたかもしれない。あるいは、塚本自身、署名をしたことがあるのかも。しかし、こんなものに何の意味もないと思っていたのだろうか。同じ設定で二首の作品がつくられていることに、塚本邦雄が若き日から抱いていた強烈な虚無が感じられる。

次の罪業軍人会の歌。正しくは在郷軍人会である。退役して予備役となった軍人たちの団体であり、職域や町村にも分会があった。しばしば、軍の意向を受けた圧力団体としても機能して、天皇機関説事件などでは、美濃部達吉排撃の先頭に立った。また、関東大震災時などは、いち早く市民の安全確保、治安維持に尽力した一方、混乱の中での朝鮮人虐殺に関わったとも言われる。いずれにせよ、塚本邦雄の目から見れば、在郷軍人は威張り散らすイヤな奴だったのだろう。そして罪業軍人と呼ぶべきろくでもないことばかりする連中だと忌避していたにちがいない。実際、こういう思いは塚本邦雄だけではなく、一般の市民も影では在郷軍人を嫌な奴だと思っていたのだろう。

そして最後は「藍の繪皿に虹鱒一尾」と美しく詠い始めて、下の句に素っ頓狂なフレーズが来る。虹鱒のそりも、その素っ頓狂さにびっくりしてのけぞったようにも見える。バッドテイストではないが、読者の頭には或るショックは確実に生じるだろう。この歌が詠まれたのが一九九〇年代の初め。「大東亞戰爭って何世紀前?・」と問うた若者が中学生だったとして、ほぼ三十年後の現在、この中学生は四十代半ばの働き盛り、年齢的に家庭を持ち、子供もいると考えれば、もはや「大東亞戰爭って何世紀前？」の方が多数派になってしまっているようだ。しかし、三十年前の時点で、毒のある皮肉としてこんな歌をつくっていた塚本邦雄の予見性は讃えられるべきである。

そして予見性ということで、もう一首だけ挙げておく。

さみだれにみだるるみどり原子力發電所は首都の中心に置け

東日本大震災による東京電力福島第一原子力発電所のメルトダウン事故など、ほぼ誰も予想していなかった頃の作品である。危機の予感であり、警告であり、鋭い逆説である。

今見れば反原発の主張は大きな流れになっているが、一九九〇年代初頭にこのように詠っていることは注目に値する。ただ、原発の危険さを訴え続けて来たジャーナリストの広瀬隆が『東京に原発を！』という本を一九八一年に刊行しているので、歌の発想はその本にインスパイアされたものかもしれない。ただ、繰り返すが、三千六百余首の中からこの歌を選び出して、歌集に収録したことの重さは受け止めなければならない。

塚本邦雄は歌集『魔王』を上梓することで、自ら歌の魔王になった。詠うことにおいて、もはやタブーはなく、詠わないもの、詠えないものはなくなった。〈戦争〉にあらゆる憎悪を叩きつけて、バッドテイストをも厭わずに詠い続ける。〈人生と世界〉に対しては、毒に満ちた認識をぶつけて、その滑稽さ無様さに黒い哄笑を浴びせる。

帽子かむりなほして出づる詩歌街《しいかがい》風はおのがにくむところに吹く

まさにジェントルな魔王の自画像である。「風はおのがにくむところに吹く」のならば、自分自身をも憎しみの対象にして、風を巻き起こそう。

彫心鏤骨の秀歌構築の方法はすでに極めつくした。超絶技巧など、魔王にとってはもはや児戯に過ぎない。毎日毎日十首の歌を詠み続けることで堆積して行く佳歌、秀歌、名歌。それらを惜しげもなく捨て去って、魔王にふさわしい歌集を編むことの官能的な快楽。それを法悦とすると言挙げした歌人は、この時の塚本邦雄をおいてない。

『魔王』が刊行された一九九三年、共に前衛短歌運動を推進して来た盟友岡井隆は歌会始の選者となり、宮廷歌人と化した。それならば、塚本邦雄は魔王と化す。

『波瀾』、『黄金律』、『魔王』と一九八九年から一九九三年までの五年間に刊行された三冊の歌集。このホップ、ステップ、ジャンプによって、塚本邦雄の短歌はどれほどの「變」を遂げていたのか。たとえば私がバッドテイストと呼んだ作品のグロテスクな世界は、詩歌にとっては未踏の領域だった。そして単なる悪趣味に終わらず、戦争への激しい憎悪というテーマがそのような表現のアリバイとなっていた。

この三冊の歌集の刊行から三十年の時間が流れた現在、これらの作品は改めて読み返されるべきである。予見、韜晦、暴露、醜悪、指弾、皮肉、罵倒等々、読み取れること、読み取るべきことはいくらでもある。この文章で私が指摘しえたことは、それらのごく一部分にすぎない。塚本邦雄が『水葬物語』から『感幻樂』までの六冊の歌集で開拓した現代短歌の豊穣は文学の大いなる遺産である。そして、『靑き菊の主題』や『閑雅空間』で見せてくれた言葉の美の極致も追随者のいない高峰となっている。そしてさまざまな「變」を咀嚼して後のこの世界、魔王の世界をさらに読み解いてほしい。たかだか三十年の歳月などは、何ほどのこともない。読む意欲を示しさえすれば、その時代にふさわしい文学の価値をまとって、魔王・塚本邦雄は、いくたびも転生するだろう。

（『塚本邦雄論集』　二〇二〇年十月）

聖域なき言葉の毒　塚本邦雄『獻身』再読

『獻身』は塚本邦雄の二十冊目の歌集。集中にはたとえばこんな歌がある。

寫生ひとすぢなどてふ嘘もぬけぬけと迦陵頻伽のたまごのフライ
卵食ふ時も口ひらかず再度ヒロシマひろびろと灰まみれ

一読してわかるように、この二首には本歌、本句がある。次の一首と一句である。

とほき世のかりやうびんがのわたくし児田螺はぬるきみづ恋ひにけり　斎藤茂吉
広島や卵食ふ時口ひらく　西東三鬼

ともに知られている佳歌であり佳句である。本来の本歌取り本句取りとは、先人の作への敬意をもって、そのもののあわれの心を受け継いで、あらたな一首を為す作法であるはず。しかるに、この本歌、本句を換骨奪胎してつくられた塚本邦雄の二首には、敬意は欠片もなく、悪意がこもっている。

なぜ悪意なのか。それは一九八〇年代後半から九〇年代にかけて、塚本邦雄が意図的にみずからの作品に取り入れてきた方法論の一つが、「悪」の導入だったからなのである。

この方法があらわになったのは『獻身』の二冊前の歌集『黄金律』であり、次の歌集『魔王』である。例を挙げれば、このような作品。

復活のだれからさきによみがへる光景か　否原爆圖なり　『黄金律』
水無月朔日この嘔吐感、執拗にＴＶに海龜產卵のさま
たたみいわし無慮數千の燒死體戰死といささかの差はあれど　『魔王』
茂吉が見たる子守の背《せな》の「にんげんの赤子《あかご》」果して何になりしか

私は塚本邦雄のこのような方向の作品をバッドテイスト（悪趣味）と名付けて、論じて来た。具体的に言えば、一首目の原爆図への意図的な錯誤、これは一種の冒瀆である。二首目の映像的なグロテスク、三首目はまた空襲の焼死者とたたみいわしをパラレルに見立てるという死者たちの沈黙への侵犯、四首目は茂吉の〈にんげんの赤子を背負ふ子守居りこの子守はも笑はざりけり〉を本歌にして、あえて「にんげんの赤子」と書いたこの赤子が本当は何になったのか。人間ではなく妖怪にでもなったのではないかとの不安感、恐怖感をかもしだしている。

つまり、悪意、聖域侵犯、冒瀆、グロテスク、ブラックユーモア、ナンセンス、不安、恐怖、エロス等々のタブーを破壊し、嫌悪すべきものをあえて見せつけることをバッドテイストと呼ぶのである。

冒頭に掲げた二作品に戻ると、一首目は神聖化されている斎藤茂吉への真正面からの批判。迦陵頻伽なる空想上の生物を歌に出して来て「寫生ひとすぢなどてふ嘘もぬけぬけと」ついたものだ、そんなうすっぺらな迦陵頻伽の卵をフライにして食ってやるぞ、との悪罵である。

二首目は西東三鬼のように口は開かないで私は卵を食べながら、広島が再び灰まみれのヒロシマになる悪夢を思っているという、きわめてブラックで冒瀆的な歌である。三鬼の俳人的ポーズをぶちのめしている。

『獻身』は一九九四年十一月二十六日の発行で湯川書房から刊行された。塚本邦雄はどの歌集にも、その時期の作品のマニフェストとも呼ぶべき長文の後記が付されるのが常なのだが、この歌集には「一九九四年六月二十九日永眠の畏友　政田岑生にこの一巻を獻ぐ」と記されているのみである。

政田岑生は塚本邦雄のまさに畏友であり、塚本の華々しく多彩で本格的な仕事のプロデューサーであり、卓抜なブックデザイナーであり、書肆季節社の社主であり、詩人でもあった。まさに、お互いが芸術上の身を献げあった二人であった。

『獻身』の最後の一連のさらに掉尾を飾る一首。

獻身のきみに殉じて寝《い》ねざりしそのあかつきの眼中《がんちゅう》の血

まさに、血涙の弔歌であり、絶唱である。

ところが、政田岑生への挽歌集であるとのイメージが独り歩きしてしまい、作品自体を論じられることが少なかった。丁寧に読めば、『黄金律』、『魔王』と継続しての激しい怒りの歌集であることは読み取れる。冒頭の二首だけでも、それはわかるだろうが、もう少し、具体的にこの歌集の作品を読んでみたい。

次のような作品はどうだろうか。塚本邦雄作品に対する先入観を破壊されるはずだ。

蟬しぐれ銀をまじへてたばしるや「源實朝性生活論」
みなづきの風に煽られつつ潔しポルノのうすみどりの後朝《きぬぎぬ》
凍蝶《いててふ》一つかみ掃き出して銀婚式以後の後朝《きぬぎぬ》をかへりみむとす
白虎隊隊員某といささかは縁ある大伯父の腹上死
橡の花時は暗きかな大伯父の羅切體驗眞に迫れる
『椿說弓張月《ちんせつゆみはりづき》』ポルノ版爲朝を宮刑に處しあとは空白
千一夜物語《アラビアン・ナイト》童女に讀みきかす伏字本伏しゐるを起して

どれもエロス、と言うよりエログロのエロを感じさせる歌ばかりである。

源実朝の性生活を論じた本などありはしないし、歴史学でも国文学でもこのテーマの研究者などいないだろう。

二首目と三首目の後朝はかなりイメージが異なる。ポルノの後朝は実は生々しいだろうし、銀婚式以後の後朝はまた別の枯れたエロスの味わいがある。

次の二首の大伯父は別人だろうか。一人は腹上死の恥をさらし、もう一人は羅切、即ち男根切断の恐怖を体験している。その次の為朝宮刑もまた男根切断刑である。

最後の一首は、艶笑譚である千一夜物語をあからさまに童女に読み聞かせる隠微な悦楽。

こういうエロ系の短歌は、一九八九年刊の第十七歌集『波瀾』以前の歌集にはあまりない。バッドテイストの一要素として、一九八〇年代後半以降の傾向と言える。

エロの次はグロと言うことで、こんどはグロテスク趣味の作を拾ってみたい。

エミール・ガレ蜻蛉文《かげろふもん》の痰壺が糶《せ》られをりさがれさがれ下郎ら
車折《くるまざき》の辻、一分ほど屎尿車に蹤きつつこころざしのおとろへ
花の下にて筵を敷きて粛然たる一群、切腹でもはじまるか
轉宅の納戸華やぎおきざりの千人針暗紅の纐纈《かうけち》
世もすゑのすゑのすゑなるキオスクに嬰兒《みどりご》の甘露煮をならべよ
新生薑に口ひらげど割腹と斷腸は根本的にことなる

いきなり、ガレの痰壺である。ガレはパリ時代に商業デザイナー的な活動をしており、化粧品ケースやキャンディの缶などもデザインしているが、まさか、痰壺までは作ってはいないだろう。「これはガレ様お手作りの痰壺じゃ。頭が高い、下がれ、下郎!」ということだ。

次はバキュームカーに道を塞がれて、その異臭に志が萎えてしまったという歌。ちなみに車折神社というのは京都の嵐山にあるので、車折の辻も近くに実在するのかもしれない。

次の歌は花見のための筵を見て、切腹でも始まるのかという意地の悪い見立て。花見の仇討ちならぬ、花見の切腹か。

次の一首は血のイメージ。転宅の後、納戸に置き去りにされた戦時中の遺物の千人針。纐纈とは血を搾り取ること。つまり、血染めの千人針という怖いアイテムなのだ。

次はさらにグロテスクな嬰児の甘露煮という売り物を、世紀末のキオスクで売れという危険極まりない妄想。

最後の一首の「ひひらぐ」は「ぴりぴり痛い」こと。新生姜を食べて口の中がぴりぴりしながら、割腹と断腸とは違うと思ったという内容。断腸は比喩だが割腹は行為。しかし、どちらも字面は痛そうで、血まみれのイメージが湧いてくる。

痰壺や屎尿や切腹や血染めの千人針、そして人肉嗜食といったグロテスクの極みまでが、敢然と短歌の中に詠い込まれている。

三つ目はナンセンスな内容の作品群。

パライソ麵麭《パン》店《てん》の貼紙「永遠に賣切・酸味パイのパイのパイ」
金輪際カフカが知らざりしことの一つに多分ミッキーマウス
おそるおそる生き敢然と果てたりき樽にたぷたぷゆれつつ海鼠《なまこ》
白露ああ五右衞門風呂の浮蓋《うきぶた》を踏みそこなひて溺るる父よ
秋風のヴェネツィアに來て一心に後架を探す　瑠璃の潮騒
人間《ひと》われに腸《わた》のパイプの二米《メートル》　春の嵐に耐へて突つたつ

パライソとは隠れ切支丹の隠語で天国のこと。「パイのパイのパイ」とは演歌師の添田知道が大正時代に歌ったナンセンスソング。切支丹の隠語とナンセンスソングの照応。カフカの歌は、そりゃそうだろうなと同意する。カフカがミッキーを知っていたら、不条理な掌編に登場させたであろうか。

次の海鼠は、そういう生き方の人の比喩かもしれない。たぷたぷ揺れる海鼠の哀れ。五右衛門風呂の浮蓋を踏み抜くことはないとは言えない。それが家長の父だけに、愚行が極まるのだ。

次は憧れのヴェネツィアでのトイレ探し。外国旅行ではこういうことが時々ある。水の都を見物する前に、まずは生理的欲求の処理。瑠璃の潮騒が美しくも虚無的に響く。

次は、人間なんて二メートルの腸のパイプに過ぎないという諦観か。その頼りない存在が、春の嵐に耐えて立っている健気さ。

もちろんナンセンスがそれだけには終わらず、文明批評に転化している。エロ・グロ・ナンセンスという括りで、これだけ語れるのも、塚本邦雄のバッドテイストゆえなのである。次に文学上の権威を唾棄する、毒に満ちた歌を読んでみたい。

おきなぐさ雨になまめき茂吉賞賞金あはれ壹百萬圓
空間不足のため賣り拂ふ書が二千册『虚子俳話』他
鷄頭百本群れゐるあたりおそろしき明治のにほひよどめるなり
まないたに山國の蝶一頭するゑ兩斷、明日あたり虚子忌なり
春曉の鳥肌立ちて讀み返す迢空賞受賞歌集跋文
櫻桃《あうたう》空にさやげりわれのただむきに迢空賞の禁色《きんじき》の痣

斎藤茂吉、高浜虚子、正岡子規、釈迢空と言った詩歌の世界の権威が軒並み毒を浴びせられている。

塚本邦雄は一九九一年刊行の歌集『黄金律』で斎藤茂吉短歌文学賞を受賞している。「賞金あはれ壹百萬圓」には、茂吉を金銭に替えればこんなものか、との皮肉がこもっている。あえて『虚子俳話』を売り払い、子規の〈鶏頭の十四五本もありぬべし〉を踏まえて、明治の澱んだ臭いを嫌悪する。

まないたの句は虚子の〈山国の蝶を荒しと思はずや〉への悪意に満ちた反歌。蝶は一頭と数

えるので、わざと頭を両断する。そして、明日は虚子忌ではなく、明日あたりという曖昧さの中で虚子の忌日を想起するという毒。

塚本邦雄の迢空賞受賞は一九八八年刊『不變律』。この授賞式に塚本邦雄は欧州旅行中ということで、出席しなかったのは著名なエピソードである。春暁の歌で読んでいる迢空賞受賞歌集は何か。ウィキペディアで検索してみるのも面白い。

桜桃の歌の「ただむき」とは、肘から手首までの部分。ここに迢空の額にあったのと同じく痣があるというわけだ。迢空賞を受賞してしまったがゆえに迢空と同じ痣が生じた。まさに迢空賞の呪いであろうか。

最後にもっと広い意味での聖域侵犯の作品を何首か挙げておこう。

到頭糖尿病にかかつてお父様エイズの方が洒落てゐるのに

月光菩薩が胸はだけますますまひるまのくらやみをわれは視姦せり

父の日のチキンライスの頂上に漆黒の日章旗はためき

もちろん反語ではあるのだが、エイズがお洒落だと言い、月光菩薩の胸に欲情を吐露する。そして父の日のチキンライスには弔旗としての漆黒の日章旗がはためく。

言葉で創造する塚本邦雄の詩歌の世界に禁忌はない。『獻身』は改めて精読される価値がある後期の苦い毒の書なのである。

（「星雲」二〇二一年十一月号）

テキサス・ソロモン・幸運

一冊を選ぶのなら『星餐圖』ということになる。塚本邦雄の歌集の中からの一冊を選ぶということだけではなく、自分にとってのもっとも思い出深い一巻の歌集という問いに応える場合であっても。

一九七一年十二月二十五日、人文書院刊。この緑色の箱入りの本を私は、早稲田大学文学部の生協書籍部で購入したのだと思う。私が早稲田の文学部に入学したのは一九七二年の四月だから、実際に買ったのは、夏休み前くらいだったような気がする。文学部の名物のスロープを、夏の陽射しを浴びながら、この歌集を小脇にかかえて上って行く自分の姿をうっすらと思い出すことができる。

ナツィズムの夏は昔の汗にほひたつ　花果ててのちこそ空木《うつぎ》
天にソドム地に汗にほふテキサスの靴もて燐寸《マッチ》擦る男らよ

私自身も汗にまみれながら、こういう歌を口に上らせていた。たとえばナッツィズム、たとえばテキサスといった外国語が魅力的な詩語としての輝きを放って、短歌という日本古来の定型詩に詠みとどめられていることに、眩暈がするような快楽をおぼえたものだ。韻文の魔力ということを初めて知ったといっていいだろう。

一九七一年に中井英夫の『黒衣の短歌史』に出会って、現代短歌の魅力を知らされ、初めて買った歌集が風土社版の『寺山修司歌集』。その後、生協書籍部で『星餐圖』を、早稲田通りの古書店の文献書院で深夜叢書版の春日井建歌集『未青年／行け帰ることなく』を相前後して買ったのだが、いずれにせよ、生まれて初めて買った単行歌集が『星餐圖』であったことは確かである。もっとも初々しい心情で、もっとも熱心に読んだのだから、もっとも強烈な印象を精神の内部に灼きつけられてしまったのも当然なのだ。

実はもう一冊、作品すべてを暗記してしまった本がある。句集『斷絃のための七十句』だ。私は赤尾兜子、高柳重信、堀井春一郎といった異彩に導かれる機会があり、さらに短い詩形である俳句に没頭した一時期があった。

曼珠沙華かなしみは縱橫無盡
弔砲のごとし華燭の寒雷は
ほととぎす迷宮の扉のあけつぱなし
失戀やソロモンの雅歌咳百たび

雪の青恍惚と處女を喪へり

歌人塚本邦雄のこのような俳句は、俳人の俳句以上の詩の刺激を齎してくれた。そしてもしかすると、私がもっとも繰り返し読んだ句集は『歳華集』でも『日本海軍』でも『叓白』でもなく、この『斷絃のための七十句』だったかもしれない。

短歌や俳句という日本文学の精華を味わうことができる自分を私は誇りに思っている。その高みに導いてくれたのは、まぎれもなく塚本邦雄の表現である。塚本邦雄との邂逅は「韻文優位」という究極の文学認識を私に刻み込んでくれた。私はその幸運に感謝している。

（『塚本邦雄全集』別巻栞　二〇〇一年六月）

旭川第二十七連隊の歌

なほ生きば死後も記憶にうすべにの旭川第二十七聯隊長　『魔王』

第十九歌集『魔王』に収録されている一首である。「生きば」は「生きるならば」の意。「その死後も、うすべにの記憶として旭川第二十七連隊長は残る」との歌意であろうか。

結句の「旭川第二十七聯隊」というのは、旭川に在った陸軍の第七師団に属する歩兵隊。第二十六、二十七、二十八連隊がこの師団に属し、軍都旭川の中心部で明治時代から威容を誇っていた。

短歌とのかかわりで言えば、斎藤瀏が大正三年と大正十三年の二度にわたってこの師団に着任している。この二度目の旭川在住時代に、来道した若山牧水夫妻が瀏の娘の史に作歌をすすめ、歌人斎藤史が誕生するきっかけとなる。

この三つの連隊が所属する第七師団は、日露戦争では旅順攻略戦、奉天会戦に参加、多くの戦死者を出している。昭和十四年のノモンハン事件では、須見新一郎連隊長率いる歩兵第二十六連隊が、ソ連軍の機甲部隊と交戦、サイダー壜にガソリンを詰めた火炎瓶で、敵戦車八十台以上を破壊、しかし、最終的には戦死者多数を出し、須見は、三人しか生き残れなかった連隊長の一人となる。

さらに昭和十七年には、歩兵二十八連隊選抜隊員二千五百人が、一木清直連隊長の下にガダルカナル島へ出征した。この部隊（一木支隊）が、実は第七師団にまつわる怪談の主役となる。この話は、昨年七月に中公文庫として刊行された田村洋三著『彷徨える英霊たち　戦争の怪異譚』に詳述されているので、要約して紹介する。

昭和十七年八月二十一日深夜、衛兵は軍旗を先頭に四列縦隊で営門に向かってくる兵士の一団を見る。まったく予定にない帰隊であり、驚き怪訝に思いながらも、衛兵は敬礼して一隊を迎える。衛兵所の控えの衛兵たちもとびだして、頭右、捧げ銃の儀礼で一隊を迎え入れる。帰還兵士たちはみな能面のような無表情で、兵舎に入って行く。そして、衛兵たちが後を追って兵舎に入ったところ、兵舎は無人で、闇に沈んでいた。後日の連絡で、ガダルカナル島の一木支隊は、この日に玉砕していたことがわかる。つまり、幽霊部隊の帰還だったのだ。この事件は衛兵たちだけではなく、隣の兵舎で、体験入隊の不寝番訓練をしていた旭川中学の複数の学生たちも、深夜の帰還兵たちを見ていたことで、幽霊部隊が帰ってきたらしい、として、すぐに旭川じゅうに広まったという。

塚本邦雄がこの怪談を知っていて、前述の一首をつくったのかどうか。怪談の主役は二十八連隊であり、二十七連隊ではない。「聯隊長」であるから、ノモンハン事件の生き残りの須見新一郎かもしれないが、これも実際には二十六連隊。なぜ同じ旭川第七師団に属する二十七連隊を選んだのか。突っ込みどころは多いが、根拠なく選択されたわけではないはずだ。あるいは戦争への憎悪を怪談に託して詠ったのではと、妄想してみた次第である。

（「塚本邦雄展図録」　二〇一六年六月）

菱川善夫の批評の核

菱川善夫は「文学としての短歌」を徹頭徹尾、信頼していた。そしてみずから、短歌の表現としての起爆のための激語を、評論というかたちで発表し続けてきた。菱川善夫著作集全十巻がこの春に第十巻『自伝的スケッチ――運動体への導火線』の刊行によって完結したことは、菱川善夫の批評とは何であったのか、それは現代短歌にどのような刺激を与え、如何なる役割をはたし続けているのかということを、不断に確認できるという意味で、喜ばしくまた文学的にも貴重で価値高いことである。

奇しくも最終巻のサブタイトルに「導火線」という言葉が明示されていることは、菱川善夫の批評の本質を象徴している。菱川善夫の批評の言葉は、現代短歌の現状を起爆させるための導火線を燃え上がらせる火の言葉であり続けた。否、今も火の言葉として燃え上がり続けている。

著作集の最終巻となった『自伝的スケッチ――運動体への導火線』は、メインタイトルの「自伝的スケッチ」という微温的イメージからは程遠い、一人の現代短歌の批評家がいかにして誕生し、成長したかという熾烈な芸術的ストラグルの記録である。

一九二九年、小樽市に生まれた菱川善夫は、北海道庁立小樽中学校で、国漢の教師であった歌人の小田観螢と出会うことによって短歌を知り、実作をおこなうようになる。そして、一九五一年に北海道大学文学部国文科に入学し、大学院文学研究科へと進んで行く。この菱川善夫の文学的青春とも呼ぶべき時期が、実は短歌否定論、第二芸術論が声高に論じられていた時期と重なっていたことは、その後の菱川善夫の現代短歌批評の姿勢を創りだす大きな要素だったといってもよいはずである。

もう一つ、師となる風巻景次郎との北大での邂逅と薫陶が、批評精神を創造したことは菱川善夫自身が、著作集の中でも繰り返し語っている。


「私が身に応えたのは、講義の冒頭で、風巻景次郎が、「私の立場」は批評家であってはならないと言われたときである。批評家は読者に読み方を指示し、最良の啓蒙家となることができるけれど、「私の立場」はそれではない。もっと論理的、抽象的、科学的なものだと言われたときだ。（中略）そのショックが、逆に私を批評に駆り立てたとも言えるが、批評と研究の境界を、さして深くも考えていなかった私に、最初のナイフを突きつけたのが、実は風巻景次郎であった。その意味でも、風巻景次郎は、〈壊す人〉だったと言える。」

（「〈壊す人〉風巻景次郎ほか」『自伝的スケッチ』）

菱川善夫はまぎれもなくこの〈壊す人〉の血を引いている。こうした学究生活を送っていた菱川善夫が短歌シーンに登場するための装置は、中城ふみ子を一躍時の人にした「短歌研究」の中井英夫編集長の企画であった。

「「短歌研究」に、「第二回作品五十首募集!」の一頁広告が載ったのは、一九五四年の七月号である。その右肩に、はっきり「新人評論募集」の文字が刻まれていた。それを目にした途端、運命の神の前に引き出されるような予感に私は襲われた。まことに不遜な話だが、この栄冠は私が手にするのだ、という意味での運命の予感である。」

(「評論賞の入選——双頭の龍」『自伝的スケッチ』)

予感どおり、菱川善夫が応募した「敗北の抒情」という評論は、高原拓造(上田三四二の筆名)の「異質への情熱」とともにみごとに入選し、「短歌研究」十一月号に掲載された。菱川善夫と上田三四二がその後の現代短歌史上で担った役割を考えれば、「運命の神」は確かに存在したのだと思わざるをえない。ちなみに、伯楽であった中井英夫自身は次のように回想している。

「この十一月号には併せて新人評論を募り、菱川善夫の「敗北の抒情」、高原拓造の名で応募した上田三四二の「異質への情熱」二篇を選んだ。作品と違って応募の数が少なく、この二人がずばぬけていたからこれは当然だが、その二人がのちにますます翼を拡げて、現在もすぐれた仕事をし続けていることが、編集者は誰でもそうだろうけれども、そしていま初めて歌人がよく「淡あはと」という語を使う心境を理解したけれども、「淡あはと」嬉しい。」

（『黒衣の短歌史』）

この中井英夫の『黒衣の短歌史』は一九七一年六月に潮新書として刊行されている。私はこの本を読んだことで、現代短歌の世界に興味をもち、やがて、自分の表現方法としての短歌形式を選択した。翌一九七二年九月に菱川善夫の第二評論集『現代短歌美と思想』（桜風社）を書店でみつけて購入した。そして収録されている十四篇の評論を読み、刺激を受け興奮し、今自分が選択した現代短歌の世界の厳しさに身を引き締めた。（この評論集は、著作集では第四巻に再編成されて収録されている。）たとえば、次のような一節に怖れたり励まされたりした。

「だから、辞の変革もさることながら、それが可能であるためには、言語の内なる詩の思想そのものの変革が問われていなければならないのである。根底においてその思想のないところに、いかなる辞の変革、いかなる言語の変革もありえない。」

（「実感的前衛短歌論」）

「短歌の思想は、短歌独自の詩型式と、言語の独自な象徴性によって作り出される美の世界そのものの中にある。」

（「続戦後短歌史論」）

こういった菱川善夫の論を読み、塚本邦雄の短歌作品を読むことは、前衛短歌運動を、読者として追体験しているという喜びを齎してくれた。そういう短歌の出発をなしえたことを、私は幸運だったと思う。

この著作集第四巻『美と思想』は、菱川善夫自身によって編まれており、二〇〇七年四月九日という日付のあとがきが付されている。そしてこういう一節がある。

「このひたすら「論を興していく営為」を、力強く受けとめてくれる編集者と作家がいるという信念が、どれほど私を勇気づけてくれたことか。だからこそ大胆な発言も可能だったのだ。いま完全に崩壊したのは、こうした批評的環境である。」

一九五四年以来、現代短歌の文学としての自立を、その最前線で叱咤し、激励し続けてきた菱川善夫の言葉が、このような諦念にたどりついてしまうことは、いかにも悲しい。その何十年かを短歌表現を持続してきた一人として、批評的環境の崩壊になす術のなかったことが情けなく、くやしい。

「美と思想」、「辞の変革と断絶」、「『新風十人』を現代短歌の起点とする短歌史の提唱」と現代短歌史を語るキーワードは、菱川善夫の批評の中から誕生したのだということを、再確認できなければ、現代短歌という表現に、明るい明日を予想することはできない。

唯一の救いは著作集十冊の刊行完了によって、単行本未収録の論文、エッセイをふくめ、菱川善夫の仕事の全貌が明らかになったことだ。「批評的環境の崩壊」のさなかにも、いかなる批評が啓蒙が抵抗が実現されていたのか、目の当たりにすることは、志を同じくする者にとっては、大いなる鼓舞である。そして、その炎の言葉を受け継ぎ、咀嚼することで、文学としての短歌の栄光は消滅することはないとの意識を新たにすることができる。

例をあげれば、著作集第二巻『塚本邦雄の誕生――水葬物語全講義』がそうである。これは前衛短歌の出現とも言うべき塚本邦雄の第一歌集『水葬物語』の全収録歌二百四十五首の注解である。一九九一年に札幌の朝日カルチャーセンターで開始されたこの講義は文章にまとめられ、「北海学園大学人文論集」第二号から第十九号まで、断続的に連載され、著作集第二巻として二〇〇六年に初めて単行本化されたものである。歌集の全歌注解というのは石川啄木や斎藤茂吉の歌集に前例があるわけだが、この方法を塚本邦雄の第一歌集に応用した成果は、啄木や茂吉の場合とは異なる。境涯性に拠らず、構成や作品配列にも方法意識がこめられた『水葬物語』の読解は、一九五一年に刊行された時点での塚本邦雄の表現そのものを解剖することになる。

「わかったものだけを寄せ集めるのとは、根本的にそこが違う。見えているものだけを見て作り出す秩序の明解さにくらべたら、全講義という形式は、最初から闇を含んでいると言ってよい。その闇の中から、はたして新しい秩序と法則を見いだすことができるのか。その問いの前で狂おしくなる瞬間は、あえて解読不能な作品の前に立ちあう勇気なくしてはやって来ない。私が全講義という形にこだわるのは、その危険を愛しているからだ。」

あとがきで菱川善夫はこのように語っている。このゆるぎない意志は、本来、詩歌にかかわらず、すべての芸術ジャンルの批評の根幹に存在しなければならない。「批評的環境の崩壊」した現代短歌の世界で、この営為が完遂されていたことを、驚き、感謝し、感嘆する。

『水葬物語』といえば、巻頭の〈革命歌作詞家に凭りかかられてすこしづつ液化してゆくピアノ〉を挙げて、その寓意的な比喩による時代への批評を評価するというのみでやり過ごしてきたのが、近年の歌人であり、批評家であり、まして読者ではなかったか。さらに言えば、塚本邦雄の後期の歌集が、前半の歌集に比して圧倒的に論じられることが少ない状況に異を唱え、一九八二年に刊行された第十三歌集『歌人』以降、最後の歌集となった二〇〇二年刊行の『約翰傳僞書』までの塚本邦雄作品を対象に、何篇もの批評や講演で論じ続けている。

二〇〇七年十二月十五日、菱川善夫は急逝した。この時点で著作集は、第五巻までしか刊行されていなかった。その遺志を継承し、全十巻の完結を見たことは、妻であり同志であった菱川和子と、田中綾をはじめとする現代短歌研究会のメンバーの尽力による。菱川善夫の批評の核は、こうして、継承者達により、次の世代へ引き渡された。

（「短歌往来」二〇一二年十一月号）

〈美と思想〉という剣　菱川善夫の短歌史観

菱川善夫の短歌史観を知りたければ、菱川善夫著作集第四巻『美と思想』（沖積舎）を読めばよい。この本に収められている十四篇の評論を読めば、その鮮烈で革新的な短歌観を理解することができる。

菱川善夫は近代短歌と現代短歌の境目、即ち現代短歌の短歌史的出発を一九四〇年刊の『新風十人』に置いている。このアンソロジーに参加した歌人たちに初めて、時代状況と自らの表現意志の相克を自覚的に短歌作品に結実させたことを、近代意識からの脱出なのだと認識するのだ。『美と思想』の中の「現代短歌における美と思想」（一九九四年発表）は、次のように書きだされている。

「現代短歌と近代短歌の違いについて考えようとする時、その決定的相違を、時代認識に求めることができる。もちろん近代にあっても石川啄木をはじめ、時代について鋭い認識者の目を持つ歌人がいなかったわけではない。が、国家の干渉が個人の生存の危機という形で訪れ、それが美意識上の変化につながったところに、現代短歌の美の特質があった。それを、最初に明確な形で作品の上に投影させたのが『新風十人』の世代である。」

こう説いた上で、『新風十人』に参加した前川佐美雄と坪野哲久の作品を引用し、その価値を論証する。

すさまじく焰ぞみちわたる天なればあな美しとかけりあがれる　　前川佐美雄
曼珠沙華のするどき象《かたち》夢にみしうちくだかれて秋ゆきぬべき　　坪野哲久

佐美雄の歌には、国家の強圧を逃れて、昂進し昇華する美的反抗の意志を読み取り、哲久の一首には挫折に耐えつつも夢を求め続ける強靭な生命への意志を感受する。それらは明らかに、近代短歌の殻を打ち破った表現であり、それは現代という時代をリアルタイムで負った同時代の短歌と呼ばれるにふさわしい表現になりえているという。この認識の提示には、共感できる。

中国との戦争が続き、やがて米英を中心とした連合国との本格的な戦争が近づいていた時代の陰翳の中で、個の意志的な自立は当然、状況への抵抗をともなわなければならない。「この個人の危機意識に直結した美意識が、やがて時代全体の危機へと転身することで、文明そのものの本質に対する批判へと転身することになる」と菱川善夫は説き、この前川佐美雄や坪野哲久を代表とする『新風十人』の歌人たちの反時代的で実験的な営為が、時代の文明に対する鋭い批評を生み出し、それらを弾機として、戦後の塚本邦雄の登場につながって行くとの展開になるわけである。

この視点で戦後の短歌史を眺めれば、もっとも価値高く重要なエポックは前衛短歌の出現ということになる。前衛短歌運動は菱川善夫と塚本邦雄が論と作との両輪となって邁進したと総括されることが多いが、この二つの才能が、第二芸術論、短歌否定論から出発した戦後というもう一つの危機的時代状況の中で、両輪として合体することは、必然であったというほかはない。「歴史と抒情主体とのかかわりを主眼としながら、戦後短歌史を見てゆきたい」と菱川善夫は一九六二年に発表の「戦後短歌史論」で、すでに書いている。この姿勢がゆるぎなくあってこそ、前掲の「現代短歌における美と思想」における認識が成就するのだ。

では、前衛短歌それ自体への菱川善夫の短歌史観はどのように展開されているのか。一九七四年に書かれた「楯としての前衛歌集」と題された論がある。

「戦後短歌史の上に、前衛短歌時代と呼ぶべき時代のあったことを、短歌史的事実として打ち消すことはできないけれど、一体そこには、今日の我々につながるどのような問題がひそんでいるのであろうか」と、きわめて苦い韜晦をもって書き出されている。

菱川善夫は一九五一年の塚本邦雄の第一歌集『水葬物語』の刊行を、前衛短歌の萌芽ではあるが、「時代を切り拓くまでの短歌史的幸運に恵まれていなかった」とする。そして前衛短歌という潮流の出現を一九五三年の中城ふみ子の『乳房喪失』による登場とそれに続く寺山修司のデビューに置いている。

「（中城ふみ子の）激しい生への執着と情念は「潮音」系の象徴的手法に、比喩の直截性を加え、大胆な生の欲望や性の飢渇を、暗く美しい北方的イメージの中に昇華し、戦後派の単調なリアリズムとは異なった想像力の充足によって、新しい表現の突破口を開いたのである。ついで登場した寺山修司は、さらに想像力による自己回復の道を進め、ロマネスクの設計によって、戦後短歌のうえにはじめて戦後世代の若々しい青春像を創りあげた。この寺山の出現を第二の契機として、戦後短歌史のうえには、非写実主義短歌の名における前衛短歌時代がおとずれる。（中略）しかも、前年の昭和二十八年には、茂吉、迢空が相次いで死去し、二十九年には、総合雑誌「短歌」が創刊をみて、時代はあきらかに変貌の予兆をみせていたのである。」

前衛短歌というムーブメントに対する認識はきわめて明晰で確実なものだと思う。ここには「短歌研究」の編集長として、新人の五十首詠を公募する企画を立てた名伯楽中井英夫の存在もあることはいうまでもない。さらには中井英夫のもう一つの企画である一九五四年の新人短歌評論の公募から菱川善夫自身も登場したことを想起するべきかもしれない。菱川善夫の前衛短歌の起点認識には、自分もまたリアルタイムでその潮流の渦中にいたという強い自負もあるにちがいない。それゆえにこの史観は強靭である。

前衛短歌のこの後の発展に関しては、菱川善夫は塚本邦雄の第二歌集『装飾樂句』を前衛短歌の実質的な開花ととらえている。「塚本邦雄はこの歌集において、はじめて現代文明の末路を生きる人間の魂の創造に成功したのである。」と高く評価し、「塚本邦雄の、この『水葬物語』から『装飾樂句』への転身は、同時に現代の詩歌、文学にとって、外部の時代が過ぎ去り、より内部の時代、魂の危機の中に、リアリズムを求めねばならぬ時代が近づきつつあることを告げてもいたのである。」と塚本邦雄の方法の真価を評している。

もう一つ、『装飾樂句』と同年に第一歌集『斉唱』で登場した岡井隆についても、塚本邦雄とその前衛短歌の方法への賛意と接近を評価する。岡井隆は「ナショナリストの生誕」を発表して、『斉唱』時代のアララギ的な単一な抒情からの脱出と時代を凝視することによるリアルな「現代」の獲得を図った。これにより、「前衛短歌は、戦後派と異なる独自の磁場を確立することになったのである。」と菱川善夫は指摘する。

菱川善夫の論によると前衛短歌の時代は一九六四年まで。この年に角川書店の専門誌「短歌」の編集者であった冨士田元彦が更迭され、「短歌」の編集方針が、前衛短歌排除に大きく舵を切る。しかし前衛短歌の方法は、渦中に一九六〇年安保という社会問題を咀嚼したことにもより、戦後短歌史上の最大のエポックとなったことは疑いようがない。そして、前衛短歌の作品的達成以外の価値として、「楯としての前衛歌集」で次のように述べる。

「文学意識の変革が、必然的に戦後派的技法の直系たるリアリズム短歌の若き後裔を刺激し、あるいは伝統短歌の俊英を刺激して、そこに緊張をはらんだ対立をうみだした点である。」

こうして前衛短歌の刺激を内包しての収穫として、岸上大作歌集『意志表示』、筑波杏明歌集『海と手錠』、滝沢亘歌集『白鳥の歌』、清原日出夫歌集『流氷の季』等々を挙げる。狭義の前衛短歌称揚にとどまらない、このような現代短歌全体への目配りと的確な評価が、菱川善夫の短歌史の視点の信頼度を裏打ちしている。

菱川善夫著作集第四巻『美と思想　短歌史論』のあとがきで菱川善夫は「ともかく三十七年間、短歌史を〈美と思想〉の角度から見つめてきたことになる。」と書き、さらに「このひたすら「論を興していく営為」を、力強く受けとめてくれる編集者と作家がいるという信念が、どれほど私を勇気づけてくれたことか。だからこそ大胆な発言も可能だったのだ。いま完全に崩壊したのは、こうした批評的環境である。」と嘆く。

塚本邦雄死後、二〇〇五年に刊行された現代詩手帖特集版『塚本邦雄の宇宙　詩魂玲瓏』に、菱川善夫は評論ではなく、『水葬物語』から『約翰傳僞書』まで二十四冊の塚本邦雄の歌集の「代表歌五百首」選で参加している。批評的環境崩壊後に作品選択をもって批評とすることこそが、永遠の同行者としての菱川善夫の述志であるのか。

二〇一八年に短歌研究社から刊行された『塚本邦雄の宇宙』二巻が、札幌の朝日カルチャーセンターで、菱川の死の直前まで継続して行われたこの「代表歌五百首」の評釈であり、それが実質的に菱川善夫の最後の仕事となった意味は重い。この五百首評釈は完成せず、四百二十三首目で終わっている。その未完の痛恨こそを、〈美と思想〉の短歌史の栄光と呼ぶべきか。

（「短歌往来」二〇一九年七月号）

アッ　アカネサス

菱川善夫は私にとって叱咤の人だった。たとえば『現代短歌美と思想』に収録されていた「ゆがめられた戦後短歌史―前衛否定説と近代短歌伝統の絶対化」という文章はこう書き始められている。「前衛短歌が、戦後短歌史のなかで、ほとんど何の役割も果たさなかった。あるいは前衛の退潮が、当然すぎる程当然だという言い草が、二冊の年鑑を埋めた。前衛短歌退潮説は、いまや前衛短歌否定説にまで堕ちこんだ観がある。あきれた話である。」また、たとえば『飢餓の充足』に収録されている「批評の堕落」という文章の冒頭「人はともあれ、私は昭和五十年という年を、怒りをこめて心に灼きつける。力にすがった横暴な批評と、民俗的であることだけが文学的である、という信条に立った鑑賞論や、土俗的な作品の究明が提起されている以上、土俗的に関心を持つ者は、すべて「共通の課題」とすべきだ、という押しつけの論理がばっこし、批評の堕落と権力化が急速に進行したからである。」といった激しい文章を武者震いしつつ読んだものだ。

権力によって恣意的につくられようとしている流れ、そして、それに加担する浮薄な言説に対して、敢然たる姿勢で異を唱える菱川善夫の批評の強靭さに、ようやく現代短歌を自分の表現として選択したばかりの私は、常に叱咤され、鞭撻される思いであった。中井英夫の『黒衣の短歌史』をきっかけとして、現代短歌の豊穣さを知った私にとっては、菱川善夫の批評は、進むべき方向性を示してくれる、信頼すべき先行者の言葉であった。菱川善夫の批評をできる限り摂取することによって、自分が何故に、この時代のさなかで短歌という表現形式を選択するのか？という自問自答に答え、みずからの歌の根拠を意識できたということは断言できる。さらに言えば、『現代短歌美と思想』、『戦後短歌の光源』、『飢餓の充足』、さらには国文社の現代歌人文庫の一巻として刊行された『歌のありか』を繰り返し読み、血肉化するほどに短歌の使命とその豊穣を教えられたことで、私は今も現代短歌という表現に拠り続けているのである。

話は飛び二〇〇七年六月九日、塚本邦雄神變忌の一環として実施された「予感と予言の歌―後期歌集を読む」という鼎談の席に臨んでいた。他の話者は坂井修一、加藤治郎。緊張気味の私は、発言の中で、塚本邦雄の次の一首を引いた。

春の夜の夢ばかりなる枕頭にあっあかねさす召集令状

緊張している私は、この一首の下句を「アッアカネサスショウシュウレイジョウ」と口早に読んだ。その瞬間、客席に居られた菱川善夫が、挙手をされた。そして、今の藤原の歌の読み方は間違っている。「アッ　アカネサスショウシュウレイジョウ」と「あっ」のあとに、たっぷりどころか、不安になるほどの間を置いて、読みなおされた。一首の本意は「あっ」と「あかねさす召集令状」の間の無限の深淵にある、それを表現せずして、塚本邦雄を語るべからず！それを菱川は実践で教えてくれたのだ。一瞬の隙にも妥協しない批評家・菱川善夫、その熱い叱咤を身に受けた、至福の瞬間であった。

(『菱川善夫著作集』6 栞文 二〇一〇年十二月)

賭ける編集者

月並みな言い方になるが、中井英夫が居なかったとしたら、現代短歌の状況は、現在とはまったく異なったものになっていたにちがいない。

中城ふみ子、寺山修司、石川不二子、菱川善夫、上田三四二、塚本邦雄、葛原妙子、相良宏、春日井建、浜田到、清原日出夫、平井弘、佐佐木幸綱、福島泰樹、村木道彦といった歌人たちの短歌の世界への登場を、中井英夫は演出し、文学的に正しい評価を得られるように尽力した。具体的にどういうことをしたのかということは、中井の著書『黒衣の短歌史』（潮新書）に克明に記されている。まず、この本の冒頭の文章を引用してみる。

「私は昭和二十四年一月から昭和三十五年六月までの足かけ十二年間、日本短歌社の『短歌研究』と『日本短歌』、角川書店の『短歌』三誌の編集長をつとめた。年齢にして二十六歳から三十七歳までである。これらの雑誌はいわゆる歌壇の総合雑誌——商業誌であって、『アララギ』などの歌人が主宰する結社雑誌とは違うものだが、その間の私は歌舞伎の黒衣《くろご》さながら、つとめて表へ出まいとし、本名で短歌評論を書いたり歌集の月旦をしたりということはなるべく慎んできたものの、なにぶんにも長い年月なので、その間、匿名あるいは記者として書き綴った文章は相当の量にのぼる。」

こうして書かれた時評的な文章を中心にして、昭和二十年代から三十年代の半ばまでにかけての短歌史を裏側から語っているのがこの『黒衣の短歌史』である。この時代の短歌の状況を語って、異色というより、最良の短歌史である。本書が刊行されたのは一九七一年六月、私は同じ年の晩秋にこの本に邂逅したことで、現代短歌の魅力を知り、短歌型式をみずからの表現方法として選択することになった。個人的に言えば運命の書といえる。

文学事典的にいえば、中井英夫は夢野久作の『ドグラマグラ』、小栗虫太郎の『黒死館殺人事件』と並び日本のミステリの三代奇書と呼ばれる傑作『虚無への供物』の作者であり、『幻想博物館』をはじめとするいわゆる「とらんぷ譚」四部作を代表作とするすぐれた幻想文学の書き手である。

その中井英夫が、作家としての自己実現をはたす前に、三つの短歌専門誌の編集長として、短歌状況に濃密にかかわったということは、短歌の側からいえば、奇跡のような幸運だったというほかはない。

昭和二十九年に「短歌研究」編集長中井英夫は、現在の短歌研究新人賞の母体となる新人五十首詠の募集をおこなう。その第一回入選者として四月号に発表されたのが、中城ふみ子の

「乳房喪失」であった。本来、この応募作の題名は「冬の花火―ある乳癌患者のうた―」であったが、編集者中井英夫がインパクトある題名がふさわしいとして「乳房喪失」に改めた。ちなみに、同年九月号発表の第二回入選、寺山修司「チェホフ祭」も、原題の「父還せ」を中井英夫が改題したものだ。

メスのもとあばかれてゆく過去がありわが胎児らは闇に蹴り合ふ
川鮭の紅き腹らごほぐしつつひそかなりき母の羞恥は
失ひしわれの乳房に似し丘あり冬は枯れたる花が飾らむ

これらの今は高名となった中城ふみ子の作に対しての歌壇の反響なるものを『黒衣の短歌史』から引用する。

「―これはやりきれぬ。時代遅れで田舎臭い（香川進）、―ヒステリックで身ぶりを誇張している（福田栄一）、編集者がひっかかった（大野誠夫）、―表現が大雑把。身ぶりか眼につき全体が作りものだ（中野菊夫）」

これらの悪罵に対して、中井英夫は「そのとし偶然同じ上半期の芥川賞と直木賞を得た吉行淳之介と有馬頼義に誌面で応援を頼んだりした」とあり、エディターとして短歌の内側ばかりに向くのではなく、文学の場での中城ふみ子の短歌の評価を求めている。この視点の置き方は、後に塚本邦雄や春日井建を三島由紀夫に正しく評価させたことにも通じている。

中城ふみ子に対する編集者としての姿勢もとても情熱にあふれたものである。このあたりの実際は、東京創元社から二〇〇二年に刊行された創元ライブラリ『中井英夫全集』第十巻「黒衣の短歌史」に、その時期の中井英夫と中城ふみ子の往復書簡が収録されているので、そこで確認できる（ちなみに、中井英夫の短歌に関する文章を読むのであれば、この創元ライブラリ版が、『黒衣の短歌史』、『暗い海辺のイカルスたち』、中井英夫・中城ふみ子往復書簡及び単発で書かれた現代短歌に関する文章が集成されており、最高のテキストである）。

中井英夫の凄さは、誌面に良い作品を掲載するために、病床の中城ふみ子にまったく妥協のないダメ出しをして、作品の改稿を要求しているところ。受賞後第一作にあたる「春の病棟」と題された作品に対する中城への手紙を一部引用する。

「さて、さういふわけで第二作たる〝春の病棟〟は、一層の注目を浴びることになりますが、正直に申してこれでは困ります。発想はいづれも美事ですが、かう何もかも言ひ切つては——①「林はわれを近よせぬなり」が何とも。「林ありわれを」拒否するといふ風にもつてゆけばともかく。又上句も、柔いものさへわたしを拒む刃となつてしまつたといふ面白さがよく生かされてゐない。②春浅き風に従ふわが髪のすでにとどめぬ……の意でせうが、逆にしただけの効果をあげてゐない。③「愛着もちて」がいいかげんです。④下句「雪解の水も」生ぬるい観方。⑤「とほく」は言はなくても生かせるでせう、音調もよくない。⑥「顎癌」先づひととほりの出来。⑦「春かぜに」結句もつと突ぱねて、蠢く感じが出ませんか。⑧「病めば」全く余計。「かなしみありて」もだらしない。⑨「救ひなき幻聴」と、かういってしまつてはやりきれぬ。(中略)

むろん以上は、臥つてゐらつしやる貴女にとつて酷評すぎるし、僕は御病気を悪くしてまで三十首頂戴したくないので、もし作りかへられるだけの御気力がなければもつと先へのばしませう。五月八日に届くやう送つていただければ六月号に間に合ひますが、御無理でせうか、本当は何としても頂戴したいけれど、——

東京はすでに爽やかな新樹の季節です。このお手紙はあまりに貴女に荷の重すぎることかも知れない、と悔いながら。四月廿五日　中井英夫」

ダメ出しの部分は⑨番までで、それ以降を省略したが、このような調子で三十首のすべてに対して、厳しく具体的な指摘をして、改稿を求めている。これは昭和二十九年四月二十五日に書かれたものであるが、実はこの手紙は、中城ふみ子には出されなかった。その事情が、五月七日付けの中井英夫から中城へ宛てた手紙に書かれているので、その前後を引用する。

「(中城作品を)近藤芳美さんと並べるのをたのしみにしてゐましたが、これは塚本邦雄氏で間に合はせます。ひとつには正直いつて、今度の三十首は感心しません。一首一首について先日詳しい批評を書いて、御送りしようといふ矢先へ、病状悪化と伺つて中止したのです。だから、七月号に廻して、この三十首は歌集からも除いて、むろん「花の原型」とダブつてゐるのもやめて、本当に〝未発表〟のものとして御出しすることにしませう。その間にすこし推敲していただけばよいでせう」

中城の病状を気づかってはいるが、それよりも、歌人中城ふみ子にすぐれた作品をつくらせたいとの思いが、強く出ている。自分が見出した中城ふみ子という才能を、極限まで磨いて、短歌の世界に提示したい。病状が悪化しているのならば、なおさら、強く叱咤して、珠玉の作品を一首でも多く残させなければならない。誌面上で近藤芳美、塚本邦雄と並べて中城ふみ子の新作三十首を掲載するというのも、破格の待遇であり、それは中城ふみ子の才能を信頼して、それに賭けることにした編集者中井英夫の歌壇への挑戦なのだといえる（結局、この作品は「優しき遺書」と改題推敲されて、「短歌研究」昭和二十九年六月号に、近藤芳美、塚本邦雄と並んで掲載された。ちなみに同時掲載の塚本邦雄の作品は「裝飾樂句」。第二歌集『裝飾樂句』の表題作になったものである。中城の「優しき遺書」は、没後に刊行された第二歌集『花の原型』に収録されている）。

この中井英夫と中城ふみ子の往復書簡は、どちらの手紙も便箋何枚にもわたる長いものであり、時には編集者と歌人というより、恋人同士の手紙のように思えるほど、二人の情熱が発露している。中井英夫、中城ふみ子ともに大正十一年の生まれ、この昭和二十九年前半には、まだ三十一歳である。これほど濃密な関係が、二人の間に生じて、それがなにより短歌作品そのものに反照していたということは、現在の感覚では、ちょっと信じがたい。それゆえに、現代短歌史の伝説となっているわけなのだろうが。

歌人の立場から考えると、作品に対して、これほどまでに丁寧に真剣に対峙してくれる編集者の存在とその関係はうらやましい。

その才能に惚れこんだら、編集者として徹底的にその歌人を推す。この手法は後に「短歌」の編集長に移籍してから、春日井建や浜田到に対しても発揮される。『黒衣の短歌史』から、浜田到の部分を引用する。

「浜田到は、すでに昭和二十六年の「モダニズム特集」に塚本邦雄とともに顔を出していながらその後絶えて音信もなかったのが、このとし偶然のことから彼の作品に再会し、その変貌におどろいてまとめて歌を見せてもらいたいというと、ひとりで書きためていた五百余首のノートが送られてきた。その中からまったく任意に取捨し構成して六月に「架橋」、八月に「硝子街」、十月に「瞼（リーデルン）」とそれぞれこちらで題して発表した。これは明らかな演出だが、この時期にそれは必要なことだったという思いはいまも変わらない。」

これは昭和三十四年のことである。これぞと思った歌人は、たて続けに大作を誌面に掲載して、世に問う。既成の歌壇秩序へゆさぶりをかける。中井英夫は徹底してそういう編集者であり続けた。賭ける編集者、賭けられる歌人のいた時代は、現代短歌史のエポックとして、今でも輝きを放っている。

（「短歌研究」二〇一四年八月号）

II

短歌表現者の誇り　福島泰樹の現在

福島泰樹はいまや歌人というよりも、短歌表現者とでもよぶべき存在になっている。

福島泰樹の最新歌集は一九九五年二月に刊行された『黒時雨の歌』。一九六九年十月刊行の第一歌集『バリケード・一九六六年二月』から数えて十八冊目の歌集である。二十六年間で十八冊の歌集を上梓するというのは他の歌人たちとくらべて、実に圧倒的なエネルギーだといえる。ちなみに塚本邦雄の『獻身』は二十冊目、岡井隆の『神の仕事場』は十五冊目であるが、その刊行スパンは塚本四十五年、岡井三十九年と長い。さらにいえば、あの斎藤茂吉でさえ『赤光』から『つきかげ』まで十七冊の歌集しか持っていないのである。

このように見てみると、福島泰樹の歌業は、いかに強烈なエネルギーの発露かということが、あらためて実感できるはずだ。しかし、このエネルギーを現在の短歌の世界が正当に受けとめているかといえば、決してそうではない。敬遠の四球、あるいは態のよい棚上げ、といった態度で接しているように見えてならないのだ。

私自身に即していえば、第二歌集の『エチカ・一九六九年以降』からリアルタイムで福島短歌を読み続けてきただけにいつのころからか、短歌の世界が福島泰樹の仕事を正しく受けとめようとしなくなってしまったことに、大きな不満を抱いている。

実際、一九七〇年代の短歌シーンにおいて、福島泰樹がはたした役割はきわめて大きく鮮烈なものだった。七〇年代挽歌論をいち早く提唱し、その視座から時代状況を撃つ数々の時評、評論は、その時代にあえて短歌を自己表現として選びとった極めて少数の人間にとって、たのもしい励起であり、またなによりゆるぎない歌の根拠であった。

『抒情の光芒』(一九七八年、国文社)、『やがて暗澹』(七九年、国文社)、『払暁の雪』(八一年、筑摩書房)といった評論集を私は、何度くりかえし読みかえしたかしれない。具体的にどのような文章に励まされ、鼓舞され、短歌への思いをかきたてられたのか、例を挙げてみよう。

「七〇年から七一年にかけて私たちは多勢の死者に対きあってきた。反権力闘争に斃れた若い無名戦士の死、スナイパーによるシージャック青年公衆面前での射殺、三島由紀夫と森田必勝の壮烈な自決、さらには高橋和巳の斃死、北総決戦における機動隊戦死等まこと私たちは戦場にいるという自覚なしには今日の状況も七二年への作品展望も語ることは出来まい。岡井隆の失踪にしたところでそのような時代状況的位置づけがなされないかぎり、岡井短歌の敗北と解体への道筋のもつ重みも理解されることなく風化されてしまうであろう。いま私は真剣に六〇年代死者と七〇年代死者との位相の在り方について考えている。私もまた七〇年代死者や失踪者への発問をこころみることによって辛くも自己の歌作を支えてきた。歌状況は挽歌の時代へ入ったということは私一人の早がてんかどうか。だが間違いなくいえることは七〇年代の出発は優れた挽歌によって彩られ誘われてきたということである。」

「短歌年鑑」（角川書店）一九七二年版の作品展望の一節である。短歌雑誌にこういうトーンの文章が載っているというのも、濃厚な時代の匂いを感じさせる。文中の岡井隆の失踪事件からは一年数か月しか経っていない時期に書かれたものだけに、岡井短歌へのアンビバレンスな思いがなまなましくあらわれている。

ともあれ岡井隆も春日井建も不在で塚本邦雄はまだ遥かなる異空間の存在であったこの時代に、福島泰樹はまぎれもなく若く烈しきリードオフマンであったのだ。

一九七〇年代に福島泰樹は、前記のバリケード、エチカの二歌集に加え、『晩秋挽歌』（一九七四年、草風社）、『転調哀傷歌』（七六年、国文社）、『風に献ず』（七六年、国文社）、『退嬰的恋歌に寄せて』（七八年、沖積舎）の四冊の単行歌集と『遙かなる朋へ』（七九年、沖積舎）なる全歌集を出している。また、七〇年代最後の発表作品をまとめた歌集『夕暮』を一九八一年砂子屋書房から刊行して、一つの決算を行う。

福島泰樹の短歌の世界でのポジションが微妙に変化をみせ始めるのは、次の歌集『中也断唱』（一九八三年、思潮社）以降である。つまりこの時期から福島泰樹は活字メディアのみの現行為にはあきたらず、ライブ即ち短歌絶叫という新たなジャンルの創造に挑み始めたからだろう。

これは同時に、ある特定の存在に成り変わって詠うという三人称短歌の実現の過程でもあった。

ゆくのだよかなしい旅をするのだよ大正も末三月の事
さなり十年、そして十年ゆやゆよん咽喉《のみど》のほかに鳴るものも無き
中也死に京都寺町今出川　スペイン式の窓に風吹く

福島泰樹のこのような試行に対して、三人称短歌なる言葉で初めに評価したのは立松和平であった。立松は歌集『中也断唱』の栞に次のように書いている。

「福島泰樹は三人称で詠まざるをえない場所までやってきた。困難な壁などではない。私小説的な伝統の短歌から、ほとんど未踏の淵に立っている。すぐれた作家の本来の姿だ。当然に苦悶がつきまとう。ここまでくれば破調すらも伝統的方法だろう。何でもやってみることだ。前掲の「中也断唱」は恰好の方法だと思う。中也の詩を借りて、視点の拡大を徐じょにはかっていく。刮目すべき達成を示しつつあるのだ。もし一人称からふっ切れた短歌が出現すればすごいぞと、しんから思うのだ。」

すぐれた表現をすぐれた理解者が受けとめた、気持ちのよい文章である。
そして、この三人称短歌の方法は、現在までつづく福島泰樹オリジナルとして十冊の歌集に結実している。

『望郷』（一九八四年、思潮社）、『月光』（八四年、雁書館）、『妖精伝』（八六年、砂子屋書房）、『続 中也断唱［坊や］』（八六年、思潮社）、『柘榴盃の歌』（八八年、思潮社）、『蒼天 美空ひばり』（八九年、デンバープランニング）、『無頼の墓』（八九年、筑摩書房）、『さらばわが友』（九〇年、思潮社）、『愛しき山河よ』（九四年、山と溪谷社）、『黒時雨の歌』（九五年、洋々社）。

これらの歌集を続々と世に問いながら、しかし、福島泰樹と歌壇との距離は遠くなるばかりだった。

これは、絶叫という独自の表現方法が常に歌集と密着したかたちで主張されていたため、多くの歌人たち（その中にはかつての同志もいたかもしれない）が、本能的に敬遠、拒絶してしまったからといえる。

絶叫とは何か？　という問いに対して、私は「本来、単なる感情表現にすぎない行為が、福島泰樹によって未知の芸術に昇華した一世かぎりの表現ジャンルである」との答えを持っているが、福島泰樹自身は、たとえばこんなふうにかたっている。

「だから、なぜ叫ぶかというと、それは自分だけの叫びじゃない。彼らの無念をおれが体現しているんだ。おれの体で肉体で受け止めて、それぞれの時代の無念、死んでいった彼らの無念をおれが歌うんだ、そういう思いが絶叫だね。それが絶叫コンサートの意義というかな。」

「短歌絶叫の彼方へ」と題された晋樹隆彦との対談の中での言葉である。彼らの無念の彼らとは、中也に限らず、寺山修司や岸上大作や村山槐多や沖田総司といった志なかばで斃れていった者たちのことだ。この対談は一九八六年一月に行われたものだが、同じ年の九月に書かれた歌集『続　中也断唱［坊や］』の跋の結びに興味探い一節がある。

「最後に、吉祥寺曼荼羅での月例コンサートをはじめ「短歌絶叫コンサート」という、たったひとつのジャンルを力強く支えてくれた観客の一人一人に熱烈な挨拶を送りたい、有難う。本集は、『望郷』『妖精伝』に続く私の三冊目の絶叫版ステージ歌集でもある。」

絶叫版ステージ歌集とは活字ではなくライブの場で初めて発表され、完成形にいたった作品をまとめた歌集の謂であろう。やはり、三人称短歌発祥の『中也断唱』を屈折点として次の『望郷』から、福島泰樹自身の自らの短歌へのスタンスも劇的に変化したということだ。この変化のベクトルが、閉塞した短歌の世界ではとても手におえるものではなかったということは、どちらにとっても不幸な結果であったと今にして思わざるをえない。

福島泰樹が精力的に絶叫という新たなジャンルの創造にのめりこんでいった一九八〇年は、彼が予言したような永遠の夕暮の時代とは正反対の大量消費のお祭り騒ぎ、乱痴気騒ぎの時代となった。歌壇もまたサラダ・ブームに象徴される空騒ぎをくりひろげた。ライトな気分だけの時代に、情念や志などもはや無用であった。しかし、それでもなお福島泰樹は短歌型式にとってなくてはならぬ存在だったのだ。

福島泰樹の現在までの仕事を検証するうえで決して見落としてはならないのは、一九八八年四月から一九九二年九月までの間に九冊刊行された文藝誌「月光」の存在である。活字媒体から自らの短歌を意識的に離脱させた福島泰樹が文藝雑誌と銘打った「月光」を創刊せずにいられなかったのは、やはり、時代の短歌状況への怒りであろう。創刊号の「月光の辞」の一部を引用してみよう。

「このまま八〇年代を終わらせてしまってはならない、という沸沸たる想いつよく、この乏しき時代にあってなおロマンの志をかかげ、ロマンチシズムを希求してやまない同志を結集し、「月光の会」を創設し、ここに文芸季刊雑誌「月光」を創刊する。
かつて詩歌が、日本の文学運動を果敢にリードした時代があった。詩歌が近代浪曼主義運動を推進させ、詩歌の時代を現出せしめたのである。与謝野鉄幹編輯に従事する「明星」であった。(中略)浪曼とは、情であり、志であり、歌である。
同志よ、来たれ！　願わくば、境界さだかならぬ乳白の闇覆う時代を刺し貫く、熟き一条の月光たらんことを。」

まさに情熱が迸る言挙げである。この強烈な熱情どおり、「月光」の創刊号は二八八ページの大冊であり、内容も坪野哲久ロング・インタビュー、短歌作品に塚本邦雄、安永蕗子、岡井隆、太田代志朗、持田鋼一郎、賀村順治、松平修文、小川太郎、大林明彦、辰巳泰子らの名が並び、時評を菱川善夫、小笠原賢二が書いている。この顔ぶれには福島泰樹のプロデューサーとしての卓抜な眼力がうかがえる。たとえば辰巳泰子はまだ『紅い花』出版以前だし、小笠原賢二も「同義反復という徒労」で歌壇に旋風を巻き起こす前である。また、持田鋼一郎や小川太郎は一九六〇年代の早稲田短歌会の歌人で、これを機に短歌の世界に本格的な復帰をはたすことになったのだった。

特筆すべきは、やはり反骨の歌人坪野哲久のクローズアップであった。このインタビューは二号にわたって掲載され、結果的に哲久の生前最後の発言となった。また、二号に載った作品「方丈旦暮」五十首は最後の歌集『人間旦暮』の幹となった。インタビューはその後三号で書家木村三山、四号で立松和平、六号で塚本邦雄、七号で菱川善夫、九号で中井英夫と続けられるが、相手の本質に肉迫し、表現者の情念を浮かびあがらせる充実した内容で資料的価値も大きい。

一九九〇年三月刊行の七号に載った菱川善夫インタビューの中で、両氏の同時代の短歌に対する本音が率直に語られている部分を引いてみる。

福島　短歌に限らず文芸はやはり美と志じゃないかと。その美と志が短歌史のなかでこんなに汚れた時代はないんじゃないかと思うんですね。猥雑で汚なくてね、作品見ると何かベタベタしててね。今、ぼくはつまんないですね、本当につまらない。

菱川　志を述べることを歓迎しない時代になっちゃったんですかね。世間一般が志を述べるのはバカくさいというかそういう見方をするようになって。（中略）やっぱり、剣のような攻撃性を維持してないと、歌人ではあるかもしれないけど、文学者としては、立つべき姿勢が見えなくなってしまうんですよね。

福島　短歌は、もっともラディカルな詩型だと思うんですけどね。それが何か自分のなかのイージーなものと癒着しちゃうと今みたいな状況を呈しちゃう。

単なる時代の風潮への反発ではなく、後の発言で加藤治郎をきちんと評価するなど、良貨は見逃していない。

木村三山、中井英夫もインタビュー掲載後まもなく亡くなり、最後の表現機会となっているだけに、このインタビュー集は、ぜひ一巻にまとめて刊行してほしいものだ。

一九九二年九月刊の九号以降、文藝誌「月光」は休刊したままであるが、この九冊のなしとげた時代への反措定は、福島泰樹の仕事としてさらに緻密に検証されるべきだろう。

この「月光」以降の著作は、歌集が前記の『愛しき山河よ』と『黒時雨の歌』の二冊。短歌を基盤にした人生論集『孤立無援の思想を生きよ』（一九九四年、PHP研究所）、ボクシング論集『辰吉丈一郎へ　三〇万燭光の興奮』（九四年、洋泉社）、文芸評論集『幻町より海辺の墓場を眺望せよ』（九五年、洋々社）が歌集以外のものである。この他にクエストから絶叫ライブのビデオ『バリケード・一九六六年二月』（収録・旭川市民文化会館）、『玉の井ラ・クンパルシータ・戦後50年の彼方に』をはじめとして続々刊行中である。また、NHK—FMで放送された絶叫版ラジオドラマ「紫陽花の家・富田良彦の告白」が、一九九四年度の第二十一回放送基金・演出脚本賞を受賞したことも特記しておかなければならない。このプライズは放送の世界では、直木賞以上の栄誉として位置付けられている。

ボクシングに関する文章も現在の福島泰樹の表現行為としてゆるぎない価値をもっている。十何年か前からボクシングジムにかよっており、セコンドのライセンスを取得しているということは、しばしばエッセイ等に出てくるし、後楽園ホールでボクシングの試合がある夜には、南側の特別リングサイドに必ず福島泰樹の姿を見ることができる。福島泰樹がボクシング、ボクサーに魅かれるのは、それが志なかばに倒れることを必然としているからにほかならない。文字どおりリングに仆れた元日本バンタム級チャンピオン・グレート金山や辰吉丈一郎の情念が、いかに烈しく福島泰樹の歌人魂とシンクロしたかは、今後の表現が証明してくれるはずだ。

文芸評論においてもこのスタンスは変わらない。『幻町より海辺の墓場を眺望せよ』でも、福島泰樹は死者に向かってくり返し語りかける。たとえばシンガーソングライター友川かずきの弟で鉄道自殺した詩人及位覚《のぞきさとる》を論じた「サトル」という文章ではこう語っている。

「そう、死者を歌うということは、追憶を歌うということでは断じてない。死者を歌うということは、死者と私とのこの地上での〈共有〉を歌うことである。人の心の中に棲家を移した死者は、人の心の中に在って生者以上に現実であり続けるのだ。だから、サトルよ、君は常に現在という時間の中で君は私に薄ら笑いを浮かべてみせるのだ。」

三人称短歌というスタート地点から、方法論は絶え間なく進化し続けているということだ。現時点での最新歌集『黒時雨の歌』でも、またこの方法が実践され、高橋和巳や中井英夫や浅草常盤座といった今は亡き者、物への熱いおもいのたけが詠いあげられる。

「連帯を求めて孤立怖れず」の塔ありしかばされど高橋
薔薇色の骨に注ぎぬ美酒すこし黒鳥館に春の雪降れ
常盤座の奈落の底に渦巻きて揉まれ流れてゆきたる花か

福島泰樹の現在は、ただ一冊の歌集、一巻の評論集だけからでは、一つの断面しか見えず、全体像の把握はなかなか困難だろう。時間軸に沿って進化する方法論を知り、絶叫なる未知の表現ジャンルをも享け容れることができた時に初めてそれは成就する。その時そこに見えるのは、現代短歌の誇りをになった全身短歌表現者の姿であるはずだ。

（「短歌往来」一九九六年五月号）

「福島泰樹」というジャンル

私はかつて福島泰樹を「全身短歌表現者」と定義したことがある。今はそれを超越して、福島泰樹は「福島泰樹」というジャンルそのものではないかと思っている。ともかく、福島泰樹の表現の魅力は私の心をとらえてはなさない。

あれはなにあれは綺羅星　泊り込む野営・旗棹しか手にもたぬ
もはやクラスを恃《たの》まぬゆえのわが無援　笛嚙むくちのやけに清しき
あまつさえ時雨はさびしきものなるをコーヒー店に待機している
その日からきみあたらぬ仏文の　二月の花といえヒヤシンス
暁闇の半裸の汝れのかたわらを鶴とびさりしのちのぬくもり

『バリケード・一九六六年二月』にはリアルタイムでは間に合わなかったが、先輩に借りて、興奮しながら、ノートに写し取った。

こういう短歌があるのか。現代短歌とはこれほどまでに生々しく、しかもヒロイックな魅力に富んだ表現が可能なのか。それは驚きであり、喜びであった。

なによりリズム感がよく、韻律が心に刻み込まれる。筆写しながら口ずさみ、そのまま暗記してしまう。「あれはなにあれは綺羅星」、「もはやクラスを恃まぬゆえのわが無援」、「あまつさえ時雨はさびしきものなるを」、「その日からきみみあたらぬ仏文の」、「鶴とびさりしのちのぬくもり」と、時に上の句、また下の句が絶妙の比喩となっている。

バリケードの中の野営の夜空の星のきらめきの美しさ。孤立無援の感覚と笛の音の対比。冬の雨の寂しさに冠する「あまつさえ」という副詞が一首の導入となる魅力。「仏文」なる大学の科名のあざやかな詩語への転換。そして、性愛の快楽の暗喩としての「鶴とびさりしのちのぬくもり」なる抜群の言語感覚。言葉が創造し、またあざやかに再現する情況のロマンチシズムに当時の私は陶酔した。福島泰樹が言葉を扱う高い技量の持ち主であることを忘れてはならない。

『エチカ・一九六九年以降』からは、併走しながら読んだ。この変形版の箱入りの歌集が、早稲田の文学部の生協書籍部の店頭に、平積みにされていたのを発見した時の興奮は忘れられない。

　パルチザンひとりのおれをゆかしめよ此処よりながき冬到来す
　われはわが砦とならん橋たらん渾身なにを耐えて来しかな

革命の核、角、飛車取り西瓜売り誰何《すいか》するのに返事をせぬか
健さんよ喧々ごうごうとして五月、六月手負いの唐獅子牡丹
その後《のち》のおれを問うなよ愛と死の変ロ短調、単調な日々

一首目、二首目のような後退戦の覚悟の歌にまじって、せつない言葉遊びが目立ってくるのがこの歌集の特徴である。革命的ロマンチシズムのやむにやまざる解体の過程といえる。あられもなく、また、苦汁にみちた状況を読者としての私もまた追体験することができた。『晩秋挽歌』、『転調哀傷歌』、『風に献ず』と続く歌集の位相はその延長線上にある。劇的な変化が生じたのは、『中也断唱』からである。ここで短歌絶叫という表現方法を獲得した福島泰樹は、単なる歌人ではなく、全身短歌表現者に変身した。

ここで、あまり語られない福島泰樹の文章の巧さと個性についてふれておきたい。おそらく、独自の文体を獲得している歌人は、塚本邦雄と福島泰樹しかいないと私は思っている。また、他者の作品への評価、鑑賞眼も秀抜なものがある。

福島泰樹に『やがて暗澹』という時評集がある。一九七九年に国文社から刊行された。「週刊読書人」に連載された短歌時評を中心に「日本読書新聞」、「短歌年鑑」等々に発表された批評が収録されている。一九七一年から一九七九年までの短歌状況が、リアルにまた熱っぽい言辞で語られている。

「識らず、通り過してしまった歌人に前登志夫がいる。終日、蟬時雨を浴びながら『子午線の繭』を読んだ。日暮がた、かなかなの声に、こぞの夏、かなたの夏のことなどを想い起しつつ頁を閉じた。まこと山河慟哭の詩心ここに極まり、なつかしくもせつない感情を味わったものだ。」（一九七一年九月）

「浜田康敬が角川短歌賞をとったのは、六〇年安保の翌年のことである。短歌の世界に在って〈賞〉がなお、一つの魅力をもちえた時代であった。一人の業績をたたえる〈賞〉ならいざしらず、この種の〈賞〉にあっては、才能の未知数にこそ賭けられてしかるべきものである。したがって一首一首の完成度だとか、安定した力量などよりは、全編のもつ衝撃力にこそ力点がおかれるべきである。彼は何を撃ち破ったか、不安定な韻律の揺れのなかに、なにを予見するか。選衡委員とは、未来に賭けるものであらねばならない。」（一九七五年一月）

「鮮烈な一首に出会いたい。憧れに身を熱くして、おもわずさめざめと泣いてしまうような、はり裂けるような、何年間か恋し続けた女の唇を初めて吸うような、そんな一首に出会いたい。短歌の革命といい、抒情の変革といくら声を荒げて叫ぼうと、そのような一首をわたしたちの時代が生まないかぎり、それはおぼつかないことなのである。」（一九七九年一月）

それぞれの時評の書き出しである。常に真摯に、最大限の敬意と情熱をこめて、その瞬間の短歌と短歌状況に真向かって、これらの文章が書かれていることか。歌人を鼓舞し、次の一首をつくろうと、エネルギーを引き出してくれる文章だ。このパッショネートな文体で村木道彦歌集『天唇』が、伊藤一彦歌集『瞑鳥記』が、三枝昻之歌集『やさしき志士たちの世界へ』が、永田和宏歌集『メビウスの地平』がリアルタイムの衝撃として評されていく。短歌の状況が現在とは異なるとはいえ、福島泰樹のこういう時評によって、現在の時点の短歌が照射されていた時代があったことは、忘れてはならないだろう。

福島泰樹の詩歌論の単行本としては、他に『抒情の光芒』、『払暁の雪』、『雨の朝、下谷に死す』等々がある。現在、短歌状況に対する福島泰樹の言葉が聴ける媒体も、そういう企画もないことは、私には残念でならない。

もう一つ、編集者としての福島泰樹の業績についても忘れてはいけない。福島泰樹は国文社を版元として、現代歌人文庫第一期全三十巻を編集している（第二期も現在、とぎれとぎれではあるが刊行されている）。一巻から二十五巻までは二十五人の歌人の選集であり、二十六巻から三十巻までは、菱川善夫、篠弘、冨士田元彦、吉田弥寿夫、岩田正の評論集。この五冊は短歌にかかわる者にとっては必読書であるが、特に冨士田元彦が編集者として短歌の世界にいかなるダイナミズムを想起させようとしていたかを綴った第二十八巻『冨士田元彦短歌論集――無声短歌史』の資料的価値はきわめて大きい。

ここに選ばれたのは次の二十五人である。

塚本邦雄、岡井隆、寺山修司、中城ふみ子、浜田到、葛原妙子、石川不二子、前登志夫、安永蕗子、春日井建、山中智恵子、滝沢亘、河野愛子、岡野弘彦、馬場あき子、島田修二、田井安曇、岸上大作、清原日出夫、平井弘、小野茂樹、浜田康敬、佐佐木幸綱、村木道彦、福島泰樹。

絶妙かつ貴重なラインナップではないか。たとえば滝沢亘がこの文庫に入れられていることで『白鳥の歌』、『断腸歌集』という結核療養者の短歌の金字塔ともいうべき作品を読むことができた。同時に収録された滝沢の歌論で、彼が重篤の身をおして岡井隆と論争したり、「日本抒情派」なる詩歌総合誌を創刊したりしたことを知って、深い感銘をおぼえた。短歌作品だけでなく、歌論、エッセイ、さらには他者による歌人論、さらには長文の書き下ろし解説が付されていることも、読者への理解を助け、その歌人の作品を正当に評価しようという編集者・福島泰樹の志のありかたなのである。

浜田到、石川不二子、河野愛子、田井安曇、清原日出夫、平井弘、小野茂樹というメンバーも、よく選んでくれたと、感謝するほかはない。歌集単位での作品と補遺、そして歌論、歌人論、解説とこの現代歌人文庫でしか読めない。たとえば清原日出夫の巻には「明日をひらく」という座談会が採録されている。これは角川書店の「短歌」一九六〇年十月号に掲載されたもので、司会は編集長の冨士田元彦、出席者は清原日出夫の他に、小野茂樹、岸上大作、稲垣留女という現代短歌史的にもきわめて貴重な資料といえるものなのである。現代歌人文庫ならではの、このようにくふうされた編集も、福島泰樹の傑出した仕事であることを再確認しておきたい。

編集者としての福島泰樹という視点からは文藝誌「月光」の業績も記さなければならないが、これについては稿を改めたい。

福島泰樹の現在も手早く見ておきたい。

二〇一三年二月現在、福島泰樹の最新歌集は第二十六歌集『血と雨の歌』である。「短歌」一月号に「焼跡」十首が掲載されており、それに付された短文によると『空襲』という題の新歌集が準備されているようだ。この「焼跡」十首も昨年の「短歌」九月号掲載の「焼き殺された姉へのオード」二十八首も「昭和二十年の東京空襲」という新しい主題が詠われている。短歌絶叫コンサートも一五〇〇ステージに近づいているという。その表現行為はとどまるところを知らない。福島泰樹は「福島泰樹」というジャンルそのものとして現在を加速し続けている。

（「短歌往来」二〇一三年四月号）

幸運な融合　福島泰樹『完本 中也断唱』を読む

福島泰樹の絶叫ライブにはもう十数回は行っている。もちろん、そこではたびたび歌集『中也断唱』の作品を聴くことになる。そして、聴くたびに、私は時間と空間を超えた詩人と歌人の表現意志の交錯に酩酊する。

絶叫は朗読とも歌唱とも異なる福島泰樹のみが実現できる一代雑種の表現方法だ。その方法が中也詩との劇的な邂逅によって発現したことは、きわめて必然的なことだったのだと、今となれば思える。

さなり十年、そして十年ゆやゆよん咽喉《のみど》のほかに鳴るものも無き

「幾時代かがありまして／茶色い戦争ありました」で始まる『山羊の歌』の名作「サーカス」、その「ゆあーん、ゆよーん、ゆやゆよん」との一回性のオノマトペが、どのように発声されるのか、高校生時代から悩んでいた疑問が、福島泰樹の絶叫によって、爽快に解決された。「さ

なり十年、そして十年」という上の句は「ゆやゆよん」を導き出す枕詞であり、その絶叫をはさんで、「咽喉のほかに鳴るものも無き」は、中也への思いのたけをこめた反歌である。『中也断唱』の作品群は、歌人福島泰樹による詩人中原中也の人と作品への濃密なオマージュなのである。

たとえば「六月の雨」という一連八首は、中也の『在りし日の歌』にある同題の「六月の雨」の福島版リミックスである。

下町の菖蒲の上に降る雨はいつしか青くわが頭上にも
青春はもしやそなたでありしかと櫺子《れんじ》の外に降る雨もある

このように、中也の「またひとしきり　午前の雨が／菖蒲のいろの　みどりいろ」を受けた二首で始まり、続いて福島泰樹の歌は激しい転調をみせる。

六月の雨は切なく翠《みどり》なす樺美智子の名は知らねども
眼《まなこ》閉じれば岸上という男いてチャンプル御飯を頰張っていた

福島の感受する青春の抒情は、樺美智子と岸上大作なる一九六〇年の死者に、一気にコレスポンデンスする。デモ隊を規制する警官隊に圧殺された樺美智子と、恋と革命に敗れたとの遺書を残して自死した岸上大作、その二つの青春の挫折が、中也の「口惜しき人」に溶暗して行く。

このようなイマジネーションの飛躍が、福島短歌の一つのきわだった特徴なのだが、それが意識的な方法論として確立されたのは、やはり、『中也断唱』の作品が書き続けられたことによるものであろう。

この作品群のもう一つの特徴は、磯田光一によって名づけられた「非人称」という人称の確立である。本来、短歌は一首の背後に、必ずただ一人の顔が見えなくてはならないとされてきた。たとえ、対象となる事物や人の姿態や行為を客観的に描写しているように見えても、その視点の背後には常に「一人の私」が存在するのである。

福島泰樹がこの『中也断唱』で発見し、進化させた方法は、中也を人称の主体にしてしまうことで、短歌に不可分の「私」を消して見せた。この方法の確立によって福島泰樹は、異端の画家の村山槐多や書家の木村三山や元ボクサーで異色タレントであったたこ八郎といった者たちに成り代わった人称の作品を詠い続けることになる。そして、この非人称の表現が、肉声の復権という福島泰樹のもう一つの方法論と融合して、短歌絶叫という稀有な表現の誕生となったといえる。

『完本 中也断唱』は『中也断唱』と『続 中也断唱 〔坊や〕』という二冊の単行歌集を完本としてまとめたものだが、ここには中也の表現意志を継承しようとする福島泰樹の志が凝縮されている。短歌形式が持つ、反歌性という特質を、福島泰樹は自在に駆使して、中也の中絶した世界を再現し、思いを返してみせてくれる。

未刊詩集に渦巻く若き「渓流」の尾鈴の山を滴りていよ

「立ってゐるのは、材木ですじやろ」そしてまた中也と文夫の濃き影も立つ

未完詩篇「渓流」と「材木」への反歌として、この二首は成立している。「渓流」からは抒情を抽出して、青春歌を屹立させている。「材木」の方の文夫とは、中也の詩の仲間の高森文夫である。履歴の細部へも侵入することで、短歌にリアリティが生まれる。コラボ等という浮薄な言葉では言い止めえない詩と短歌の幸運な融合こそが、この一巻である。

（「現代詩手帖」二〇一〇年三月号）

母、父、下谷というトポス　福島泰樹『下谷風煙録』を読む

巻頭に置かれている七ページにわたる自序は、下谷という土地の地誌であり、その地誌の中での福島泰樹とその父と母との人生を点描的に書き記した好文である。これは同時代を生きた東京の下町人にとっては、細部は異なりこそすれ、自分に引き付けて納得できるものではないかと思う。

たとえば私の実母は、大正十二年二月に本所立川の生まれ。まだ乳飲み子のうちに関東大震災に遭遇。私の祖母に抱かれて、隅田川に逃げ、おりよく漕ぎついた小野田セメントの硝石運搬の木造船に乗せてもらって、難を逃れたという。また、昭和二十年三月十日の東京大空襲の折は、すでに成人していた母だが、母（つまり私の祖母）と一緒にまたしても隅田川方面へ逃げ、一夜にして十万人近くが亡くなった惨禍の中で奇跡的に助かったのだそうだ。

こういう背景を持つ読者である私は、この歌集を東京の下町というトポスの物語として、ことさらに身に引き付けて読まざるをえない。それも一つの読み方ではある。

あかあかとガードは燃えて沈みゆく夕陽よ　省線電車はゆけり
御徒町大原病院ぼくを生んだ同じベッドで母ゆきたまう
昭和十九年三月　ぼくは祖母に砲かれ遺骸の母を見ていたのだろう

「下谷風煙録　壱」の「母の歌」よりの三首。この歌集のモチーフがこの三首に凝縮している。母の記憶を持たない福島泰樹が、下谷というトポスを媒介として、七十数年前の現実を韻律に拠って再現していく。単なる母恋の思いを超えて、一つの母像が顕ちあがってくる。浅草花川戸で生まれたこの母は関東大震災の時、六歳。避難中に親族とはぐれ、避難者のごった返す上野の山で一週間後にようやく家族と巡り合ったという。「この間、水や食料を分け与え、添い寝し、一緒になって父母を探してくれた人がいた。下町の人々の温情が心に沁みる。」と福島泰樹は自序に記している。この事情を福島泰樹は直接母から聞くことはできなかったはずだから、これは母に関わるエピソードとして、福島家に語り継がれていたということだろう。

死んでいるはずの母さん浅草の瓢簞池の水をみていた

もの心ついた時から親族に教えられた母の姿を、瓢簞池のほとりに幻視する歌。ここにも下町という土地と血族の美しい結晶がある。

沛然と雨降る野外音楽堂リングはありき父の瞼に
郡司信夫も中原中也もわが父も大逆事件の候に生れき
父の世代の青春なれば大鉄傘ピストン堀口　霧のリングよ

「下谷風煙録　五」の「大鉄傘の歌」よりの三首。大鉄傘とは明治四十二年に両国の回向院境内につくられた国技館の愛称。三十二本の鉄骨によってドームが造られていたので「大鉄傘」と呼ばれたそうだ。

一首目の歌には「病室で父は拳闘の話をした」との詞書が付されている。福島泰樹のボクシング好きが父譲りであったことがわかる。二首目の郡司信夫は日本のボクシング界の礎をつくった評論家、解説者。大逆事件は明治四十三年であり、郡司信夫も中原中也も福島泰樹の父も確かに明治四十、四十一年頃に生まれている。関東大震災を十代で、十五年戦争を二十代で迎えた世代といえる。そして三首目のピストン堀口は拳聖と呼ばれた人気ボクサー。昭和十六年五月二十八日に大鉄傘の両国国技館で開催された槍の笹崎こと笹崎僙との試合は「世紀の一戦」と呼ばれた。当然、父の世代の男たちは、この一戦に熱狂したのだろう。「大鉄傘」という一連のキーワードが生き生きと世代の息吹を伝えている。

支那ソバに浮いたチャーシュー浅草を　幼年の風吹き過ぎてゆく

この歌には「浅草に連れて行ってくれたのは父だった」という詞書が付いている。浅草は若くして亡くなった母の生まれた地であり、美味しい支那ソバに浮いたチャーシューには父の頼もしさと母の優しさが滲んでいる。

母の歌と父の歌とで一巻の首尾を整えて、この歌集にはまた、多くの死者たちへの鎮魂が収められている。永六輔、大杉栄、横山千鶴子、橘宗一、三木清、高橋和巳、寺山修司、立松和平、円谷幸吉、磯田光一、菱川善夫、小笠原賢二、バトルホーク風間、石和鷹、清水昶、三嶋典東、北村太郎、西井一夫、ヨシダ・ヨシエ、永井荷風、大手拓次、萩原朔太郎、北原白秋、竹久夢二、田中恭吉、香山小鳥、石川啄木、若山牧水、佐瀬稔と死者たちの名にはそのまま福島泰樹の痛切な哀惜が貼り付いている。さらに『バリケード・一九六六年二月』に登場する「樽見」を始めとするあまたの同志への呼びかけもなされている。これは三十冊目の歌集としての総括であるだろう。

私がリアルタイムで福島泰樹歌集を読み始めた『エチカ・一九六九年以降』から、四十五年に及ぶ時間の集積を愛しく思わずにはいられない。

（「月光」五十五号　二〇一八年五月）

レオポンの栄光、ライガーの矜持　髙瀬一誌『火ダルマ』を読む

歌集『火ダルマ』に収められた七百余首を再読、三読して髙瀬一誌は徹底して髙瀬式ダンディズムの姿勢を貫いた歌人だったのだな、と今あらためて感嘆する。

一つの光景や状況を眼前にしても、けっして他人と同じようには詠わない。髙瀬一誌というフィルターを透過させて表現すると、そこには、常識人の予想外の屈折やずれが鮮明に露出してくる。もちろん、読者のウケを狙って、意識的に屈折やずれをつくっているのではない。それが歌人髙瀬一誌のオリジナルの表現なのである。

短歌というフォルムはいともたやすく類型的な表現を量産してしまう装置といえる。その装置にリアリズムという簡便な方法論をもって乗っかってしまえば、出てくるのは、ただただ、いつかどこかで見たことがある五七五七七の文字のつらなりになってしまう。髙瀬一誌はそういう妥協的産物を、みずからの表現として認めることを、潔しとせず、髙瀬節とも髙瀬調ともよばれる、異質な文体をつくりあげたのだ。

髙瀬一誌が第一歌集『喝采』を上梓したのは一九八二年、歌歴にして三十年を超えてからの

ことだった。そして、その歌集に収めた作品はわずかに百九十九首。おそらく、それまでにつくった短歌の五十分の一、もしかすると百分の一くらいかもしれない。つまりは、徹底的に妥協を拒絶した作品だけで、第一歌集を構成してみせたのである。

先行する誰にも似ていない短歌、まさしく、髙瀬一誌の短歌はそういうものなのであった。それはレオポンやライガーといった孤高の一代品種であり、エピゴーネンの存在をも許さない。

階段をころげ落ちるのも定型であればやっぱりつまらないのだ

髙瀬一誌には珍しいメタ短歌的な一首だが、髙瀬短歌の工房の秘密を端的に言いおおせているといえる。「他の誰かが思いつくような表現は、他の誰でもが思いつく」そういう表現レベルで満足していたのでは、真の意味のクリエーションをしたことにはならない。そういう類想をつまらないと気づく感性をやしなえ。自分だけしか表現できないものにこそ価値がある。誰にも似ていない、誰にも真似のできないオリジナリティにみちた短歌をつくれ。髙瀬一誌は、そう主張しつつ、後続する私たちを叱咤激励し、みずから先頭にたって、その孤高の表現を実現し続けていたのだ。そして歌集『火ダルマ』は、その髙瀬一誌の最後の檄にみちた一巻なのだと思う。

『火ダルマ』の最大の特徴は遺歌集であるから当然なのだが、その収録歌に対して、髙瀬一誌自身の選択が働いていないことだろう。そして、それゆえに収録歌数は、それ以前の『喝采』

（百九十九首）、『レセプション』（三百一首）、『スミレ幼稚園』（三百七十首）にくらべて、七百首と格段に多い。作者自身による選歌、編集がおこなわれていないことにより、表面に浮上してくることもある。

たとえば文体的な特徴である。

つまりそういうことか体《からだ》のゼンマイを巻いてもらえばいいのだな
つまりからだのわるいところに血がたくさんさわいでいるのだな
脳の肉がなくなるよりも速く歩いてゆけばいいのだな
こうして階段にあそばれているうちに階段をのぼっているのだな
むかし「逃亡者」のタイトルがあったなエレベーターは満員だったな
いじめは幕府にもあったな男が女に毒を盛ったものだ
手拭を緩慢に絞る力の入れ方が父のようだと言いたいのだな
かるく水洗いしてから乾燥させます　体《からだ》そのようになっているのだな
水ふくむ大きひとつぶふくらみぬ大豆つぶれて呆となったな

一九九六年の後半から一九九八年の作品からピックアップしてみた。あとがきで、中地俊夫も指摘しているが、「のだな」とか「あったな」「だったな」で一句を締める文体が頻出している。これは一九九九年以降の作品にも継続してあらわれており、この歌集の作品の明確な文体的特徴といってよいだろう。

一首目は一九九六年八月の毎日新聞に発表された「ゼンマイ」という一連のうちの一首で、初めてこの「のだな」止めがあらわれた作品である。肉体の変調をゼンマイ切れととらえて、その巻き直しをすればよいのだ、と自分自身に言い聞かせているような文体になっている。それまでの髙瀬短歌には見られなかったモノローグ文体である。二首目、三首目、四首目も、同じような変調感覚が基底にあることでは共通しているように思える。

年譜的にいえば、髙瀬一誌は一九九四年に東京医科歯科大学において、咽頭癌の放射線治療を受けている。それから二年経過しているとはいえ、肉体のリズムの変調に対しては神経質になっていたということは、十分に想像できる。その精神のゆれが、こういうモノローグ文体を発現させたであろうことは推測できる。「のだな」という語尾のベクトルは当然内側に向いて深く突き刺さってくる。これはきわめて有効な文体の獲得といえる。

しかし、髙瀬一誌はおそらく即座にこの文体が持つ過度な私性の表出というトラップに気づいたにちがいない。いきなり、五首目以降の歌のように、この独特な文体を意識的に異なった主題で展開してみせはじめるのだ。

つまり、自分のオリジナルとして開拓した文体にさえもバイアスをかけずにはいられないのだろう。常に新たな展開を求め続ける表現者のスピリット。ここに髙瀬一誌の真骨頂があると私は思う。病気という私性にのみひきずられたリアリズムの縮小再生産を嫌って、獲得した文体に新たなベクトルを与えることで、さらに、みずからの短歌の世界を広げて行く過程が、この歌集に発見できるのである。おそらく、髙瀬一誌自身が『火ダルマ』を編集していたとしたら、類想的な病気の歌は削られてしまったのではないかと思う。

五首目以降の歌はそれぞれの異なったイマジネーションがそそぎこまれていて、独立した作品として屹立している。九首目の大豆の歌など、俳句のように整った上の句を受けて、下句の七七で「大豆つぶれて呆となったな」という意表をつくボケかたである。ここではもはや私性がらみのモノローグ感覚は完全に払拭されて、突き放した客観性による諧謔という対岸にまで到達している。

この歌集の作品のもうひとつの特徴として、私は奇想の自在性を挙げたいと思う。髙瀬一誌の歌は不思議な歌ではあったが、その発想の根本は誰もが見ている日常に対する屈折やずらしにあった。それが、この歌集の作品の中には明らかに奇想とよぶべき不可解な想像力の顕現が目立つと思うのだ。

ぶどう一房食べさせてから引田天功は体に容れてくれたり
手のとどくかぎりのものを投げるのは九十歳になってからにしよう
柿をゆっくりと食い狂気を立ち上がらせたのは芭蕉であったたか
秘密の密は蜜とはちがうがあまき時間は隣り合わせぞ
雑誌「宝島」のポートレートに出ないかと電話かかりぬまさか
戦前は万世橋　かたわらのベントナイト工業会今も雨にけぶれる

交通事故の死者の数だけ豆電球をつけたクリスマス
眼鏡かけわが寝るくせもデモクラシーではなかったか
「蝶にわたくしがのりうつりました」昨日の桂三木助くやし
全身火ダルマの人を想定して宮城前のくんれんである

一首目は文句のない奇想だろう。ぶどうと引田天功とワタシの関係は夢の中の論理さながらに、ファンタスティックな絆でゆるやかに連結されている。何が体に容れられたのか不可解としかいいようがない。

二首目の「九十歳」や三首目の「芭蕉」には、なぜ、そういう言葉が呼び出されているのか、読者には手がかりがない。どちらの作品も、ある種の狂気を内蔵している。このような諧謔の要素のない狂気の露出は、この歌集以前にはなかったのではないか。

次の三首の歌はナンセンス味がきわめて濃密である。「密」と「蜜」は「饂飩」と「混沌」という先例があるが、こちらの方は意味がずっと希薄になっているので、比喩の入り込む余地がない。

次の宝島のポートレートというのは、個人的には『火ダルマ』でいちばん好きな作と言いたい。何か絶対的にありえないことが、まことしやかに語られていて、「まさか」という自分自身へのツッコミで、一首を締めている。夢の中で覚めている自分ということなのかもしれないし、あるいは日常に侵入してきた非論理的なイリュージョンなのかも。ナンセンスが諧謔をこえて自在に浮遊している感じがする。

次のベントナイト工業会も不思議な固有名詞である。ベントナイトというのは、一種の粘土鉱物で、結合力を強化するために使われたりするようだ。掲出歌は「短歌人」二〇〇〇年十二月号に発表された「橋」という一連の冒頭の作だが、一九九九年の作にも〈ベントナイト工業会の看板はここにも人が働くという〉というかたちで詠まれている。執着の強い固有名詞であったことはまちがいないだろうが、なぜか実在感は薄い。「戦前は万世橋」という初句が、かつて栄えたが、今はさびれてしまった盛り場としての万世橋のイメージを顕現する。そこに実在したのかもしれないベントナイト工業会が配合されることにより、ノスタルジックな思いが強烈にかきたてられることになる。こういう一首の仕立ては、これまでの高瀬短歌にはなかったものだ。

一首置いた「デモクラシー」の歌も、同じように、過去へ向かうまなざしによってつくられている。高瀬一誌の内部に新たな方法論が生成したというより、今までは禁じ手としていた手法が思わず浮かび上がってしまったということのような気がする。

そして「クリスマス」の歌、「桂三木助」の歌、「火ダルマ」の歌。これらには、奇想といってもきわめてブラックな苦味がみちている。この露な苦味も、この歌集までは、あえて用いられなかった技法だったのではないか。

交通事故死者の数を告知するクリスマスツリーの電飾など、常識的にはありえるはずもないが、想像力の角度を少し変えてみれば、クリスマスの繁華街は惨劇の巷に変化するだろう。

桂三木助の歌は、一首目の引田天功の歌と似ている。「蝶にわたくしがのりうつりました」というフレーズの意味は読者には理解しがたい。この作品は「短歌人」二〇〇一年四月号に掲載されている。桂三木助が神経を病んで自殺したのは一月三日であり、あるいは「蝶にわたくしが」というとうわごとのようなことをしゃべったとの報道があったのかもしれない。この作品をつくった時期は、おそらく同年二月半ば以降だろう。「短歌人」二〇〇一年十二月号の高瀬一誌追悼号に載った三井ゆきの「闘病記」によると、高瀬一誌自身の体調も一月の好調期から一転して、不調になっていた頃のようだ。それゆえに、四十三歳にしてみずから死を選んだ落語家に、感性を刺激されることがあったのか。

そして最後の「火ダルマ」の歌。ブラックといえば、これほどブラックな歌はない。諧謔という持ち味からは遥かに遠い。この歌に詠まれている「全身火ダルマの人」もまた、焼身自殺者を想定させる。この自殺方法の根底にあるのは抵抗精神である。宮城前で焼身自殺をする人は現在ではとてもありそうもない。そうなれば、訓練なども非現実的だろう。あくまで高瀬一誌の歌人としての視力が見据えた幻想の光景である。「歌壇」五月号に発表されたこの歌を含む「火ダルマ」二十首が制作されたのは三月半ば。前記の三井ゆきの文章によれば、緊急入院をし、開腹手術をしている時期である。言わば、最後の精神力を振り絞っての作歌だったにちがいない。まさに火ダルマの人とは高瀬一誌その人というべきだ。

奇想の解放は抵抗精神を顕在化した。それはもちろん歌人としての高瀬一誌の矜持であると同時に表現の根拠にほかならない。高瀬一誌自身、すでに自分の最晩年の作品になるであろうことを予期して、この「火ダルマ」一連はつくられている。〈物体のごとくこわれる体はステッキでしばらく保つ〉〈造影剤入れねばわが全ての場所は鮮明ならず鮮明ならず〉〈車椅子同志のあいさつは体を横にふることで足る〉といった、闘病詠と呼ぶべき作品も入っているが、それでも、どの歌にもいわゆる髙瀬短歌式のひねりがほどこされている。ひねりを効かせなければ闘病詠などつくれないというダンディズムはまったく失われていない。一方「火ダルマの人」のような現実を侵そうとする毒の露出は、今まではあえて潜伏させていたそのダンディズムの鋭利な裏面といえる。

歌集『火ダルマ』は髙瀬一誌という異能の歌人の真の怖さをついに見せてくれた。アイロニーにみちた諧謔を生成する火の坩堝の凄みを。レオポンやライガーは単なる見せ物の珍獣ではなく、純血種以上の危険な猛獣だったのだ。この歌集にはレオポンの栄光、ライガーの矜持が煌めいている。

現代短歌の世界は歌集『火ダルマ』と引き換えに、かけがえのないオリジナリティを永遠に喪失してしまった。

（「路上」九十三号　二〇〇二年九月）

プロデューサーの眼鏡　追悼・高瀬一誌

ワープロからアアアの文字つづけばふたりして森閑とせり
『レセプション』平1刊

わが家のかたちあるものさまざまにはげしく鳴るはいつの日ぞ

ドンキホーテ最後に握りしめしはフォークなりしと突きさしたると

わが死顔ありありと見ゆ眼鏡かけていないどうしたものぞ

いまごろ四丁目にて星座売るしかしなかなかしぶとくて売る

たちまち及びもつかぬところまでゆくこの頃の夢の在り方

十冊で百五十円也赤川次郎の本が雨につよいことがわかりぬ
『スミレ幼稚園』平8刊

「結果として」を上につければわが行動の大方は説明がつく

懸命に消しゴムで文字消していたあの父の背は全身みせたり
「短歌」平13・6「レバノンかなし」

太陽の地中海がひかりをくれるが坂の上までレバノンかなし

高瀬一誌が亡くなったあと、「短歌人」のホームページに、小池光は「高瀬さんは「短歌人」という作品をつくった」と書き込んでいた。高瀬一誌の業績を一言で表現すれば、まさにそういうことになるだろう。

高瀬一誌はプロデューサーであった。その卓抜なプロデュース能力によって、新鮮な才能を発掘し、刺激を与えて指導し、個性的な歌人に育てあげた。

蒔田さくら子、三井ゆき、小中英之、西勝洋一、佐藤通雅、小池光、西王燦、永井陽子、吉岡生夫、仙波龍英、武下奈々子、早川志織、辰巳泰子といった人たちが、なんらかのかたちで高瀬一誌からの刺激を受けることによって、歌人としての成熟をとげたと言ってしまっても、けっして過言ではないだろう。

そして、気づかなければならないのは、この歌人たちが、それぞれまったく似ていないということである。一つの方法論で、ある定型を形成するのではなく、まさに個性に即応した、柔軟な養成がなされているという驚くべき事実。それを実現したのが、高瀬一誌の比類なきプロデュース能力ということなのだ。

この比類なきプロデューサーは実は同時に比類なき歌人でもあった。高瀬調とか高瀬節とか呼ばれる、短歌の数々を声を出して読んでみてほしい。一見、オフビートな自由律風にみえる言葉のつながりが、実はかなりの精度で構築されていることに思い至るはずである。誰にも似ていないし、誰もこの方法を真似ることはできない。それほど強烈な個性を高瀬短歌は主張してやまないのだ。

たとえば「ワープロからアアア」の歌。ワープロが普及した時期に、この手の発想は誰かも思いついたかもしれない。しかし、後半の「文字つづけばふたりして森閑とせり」という詩的決着のつけかたは、類例がないだろう。同じことは「ドンキホーテ」の歌にもいえる。滑稽と悲愴とがいりまじった内容だが、「フォークなりしと突きさしたると」という下句が、微妙なずれを保って付いている。このずれの作り方が高瀬一誌ならではの技術であり、オリジナリティなのである。

「いまごろ四丁目にて」の歌を例に、リズムの点からも考えてみよう。この歌は「イマゴロ／ヨンチョウメニテ／セイザウル／シカシナカナカ／シブトクテウル」という切れ口で読むと、四、七、五、七、七になる。三十一音に一音足りないわけだが、イントロダクションになる「いまごろ」が他の五音の言葉には容易に入れ替えられないことは、音読してみれば、納得できると思う。

このイントロの偶数音というのは、高瀬短歌の目に見える一つの特徴といえる。「たちまち／及びもつかぬ／ところまでゆく／この頃の／夢の在り方」も、四、七、七、五、七となり、初句四音が一種のたゆたいを生み出して、効果をあげている。「ワープロから」「ドンキホーテ」は初句六音、「わが家の」も「ワガヤノ」と読んで四音だろう。やはり、このリズムの上で、いきなり、違和感を生み出す手法が、個性を生み出している。「十冊で百五十円」の歌や「結果として」の歌には、毒や諧謔がある。その出し方にも高瀬流のずれ、ずらしがある。雨に濡れる十冊百五十円の赤川次郎の本、という表現は、ベストセラーの末路という浅い批評ではなく、終末的光景を描き出している。説明がついてしまうわが行動の大方は、結果論という絶対的な真理を証明しているということなのではないか。重い内容を軽く見える表現で言いとめる。これもまた、高瀬短歌の特色である。

重い内容といえば、四首目の〈わが死顔ありありと見ゆ眼鏡かけていないどうしたものぞ〉なる死の予感は何故詠われるのか。他にも『レセプション』には〈どうもどうもしばらくしばらくとくり返すうち死んでしまいぬ〉〈線路歩いてゆきかき消すごとく高瀬一誌がなくなるもよし〉といった死や消失を暗示する作品が少なくない。これは死という人間の不可避のエンディングを軽く軽く詠いぬくことに、オリジナルな詠風の確立を賭けていたのかもしれないと、今になって思う。多くの歌人の個性を磨き上げたごとく、自分自身をも、このようにプロデュースしたのだろう。

歌での予言のとおり高瀬一誌の死顔に眼鏡はかけられていなかった。そしてその眼鏡は死後もプロデューサーの必須のアイテムとして、骨壺に入れられたのだった。

（「短歌研究」二〇〇一年七月号）

「短歌人」の支柱　追悼・蒔田さくら子

蒔田さくら子は「短歌人」入会の昭和二十六年から令和三年までの七十年間を「短歌人」の支柱であり続けた。具体的には編集委員としてであり、会計担当者としてであり、発行人としてであり、もちろん「短歌人」の代表歌人としてである。さらに編集委員定年制による退任後は、「短歌人」という集団がもつおのおのの個性を尊重して自由な気風を保ち続ける精神的なシンボルとして、存在感が輝いていた。

今では伝説的なエピソードになっているが、中河幹子主宰の「をだまき」の同人だった蒔田さくら子と高瀬一誌が、結社の経理の明朗化を提案したことから破門になり、二人で新天地の「短歌人」に入ったのが昭和二十六年、その二年後の昭和二十八年には「短歌人」の組織形態は現在に続く編集委員制を採用し、蒔田、高瀬ともに編集委員となる。二人とも二十四歳であった。当時の編集発行人であった小宮良太郎の英断だった。これ以降、蒔田さくら子、高瀬一誌は二人三脚の形で、戦後の「短歌人」の歴史を築き上げて行くことになる。

蒔田さくら子の第一歌集『秋の椅子』は創立されたばかりの短歌新聞社から昭和三十年一月

に刊行された。これは同社の社主の石黒清介の新人の女性歌人の歌集を第一弾の出版物にしたいという強い慫慂を受けてのものだったとのこと。

宝石はきらめき居たりおのづから光る術《すべ》などわれは知らぬに
一房の青き葡萄を手にとりぬただなにごともなかりし如く

青春歌といってよいだろう。傷つきやすい精神のありようが痛々しくまたみずみずしい。
昭和三十七年に斎藤史を担いだ一部の同人が離脱して「原型」を創刊するという事件もあったが、蒔田、髙瀬のコンビは、若い編集委員として編集作業や選歌に携わり続ける。昭和四十年、編集発行人の小宮良太郎から、髙瀬は編集発行人として、蒔田は会計責任者として後事を託される。これはやはり、男女であり夫婦でもない二人は、利害が一致しないので、編集面も会計面も民主的に運営できるはずとの、小宮のアイデアだったという。
同じ年に蒔田さくら子は第二歌集『森見ゆる窓』を上梓している。

奔放に芥子乱るれば慎みて生くる誇りもはかなくなりぬ
〈左手のためのノクターン〉弾く人の右手堪へ居るごとく遂に膝に在りき

一首目はまだ青春歌の名残がある。二首目は他者へのまなざしが深くなっているように読める。

組織の会計という重責を担いつつ、蒔田さくら子と髙瀬一誌のコンビによる「短歌人」の運営は軌道に乗ってくる。二人よりも十歳程度後輩にあたる小中英之や中地俊夫といった新鋭が頭角をあらわしてくるのもこの頃からだ。また、昭和四十年代の後半になると、まだ十代の永井陽子や吉岡生夫、さらに小池光、川田由布子、藤原龍一郎といった現在の編集の中核となっているメンバーも参加してくる。

毎年八月号には「十代・二十代特集」が組まれるほど、若い会員、同人が集まっていた。こういう部分は髙瀬一誌のプロデューサー的手腕の賜物といわれるが、片腕となってそれを支えていた蒔田さくら子の支柱としての力でもある。

昭和四十七年に「短歌人」に入会した私の実感からしても、当時の誌面は若々しく、十代、二十代の仲間で競い合う雰囲気があふれていた。

昭和五十六年に蒔田さくら子は第三歌集『紺紙金泥』を出版する。十六年ぶりの歌集である。三十代から四十代にかけての短歌の集大成であり、充実した一巻であった。

火を放ちゆきたるは誰　もつれ合ひよぢれて春の野に起《た》つけむり
辻ケ花の帯締めて出づ死の際もいはで死ぬべきことば抱きて
撫で上げてゆく風のなか揺り椅子に咽喉《のんど》官能の筒とし震ふ

絢爛豪華でありつつ重厚でもある。蒔田さくら子の世界がゆるぎなく確立している。この歌集は第九回日本歌人クラブ賞を受賞した。
「短歌人」平成四年二月号では「蒔田さくら子特集」が組まれ、蒔田のインタビューが載っている。その中から、新人を如何に育てるかという部分を引用する。

「余計な助言をしないで、場を与えることです。黙って見ている辛抱もつらいですよ。若い人には転ばぬ先の杖は必要ない。何度でも転んでその時に何かを掴んで立ち上がれというのが私の持論です。転ぶ回数は多いほど得るものも多いはず。休詠だけはしないこと。発表という目標に向け、自分の状況を作れるのが結社にいるメリットと思います。」

このようにして、私を含めて多くの若い歌人が育てられた。
昭和の終わりから平成にかけて、蒔田さくら子は歌人として大きく羽搏き始める。『淋しき麒麟』、『鱗翅目』、『截断言』、『海中林』、『サイネリア考』、『翡翠の連』、『天地眼』と次々に優れた歌集を上梓する。そして、平成二十六年に刊行された『標のゆりの樹』及びそれまでの全業績を評価されて、第三十七回現代短歌大賞を受賞する。遅すぎるほどの受賞であった。ようやく評価が追いついたのだ。

毀誉褒貶の埒外にもう出でたりと覚悟の自在か歌に毒あり

八十五歳の歌人の歌として天晴な一首である。覚悟の自在でさえ、毒をはらまずにはいられない。もちろん、その毒こそが歌人蒔田さくら子の歌の根拠にほかならない。

（「短歌研究」二〇一一年十月号）

きらめきという矛盾　最初期作品を中心に――追悼・永井陽子

「短歌」一九七一年六月号には永井陽子の短歌作品「太陽の朝餉」三十首が掲載されている。これは第十七回角川短歌賞の候補作品として、応募作五十首のうちの三十首が抄出掲載されたものである。作品の末尾に〈十九歳学生・「短歌人」所属〉と記されている。

この時の受賞作は竹内邦雄「幻としてわが冬の旅」であり、選考委員は宮柊二、生方たつゑ、上田三四二、近藤芳美、山本友一、前川佐美雄の六人。永井陽子の作品は前川佐美雄だけが一位に推している。

掲載されているのは次のような作品である。

古墳かもしれない丘を駆けぬけて夕焼けの街　また駆けて去る
公害の町に大きな陽が落ちてあしたのことはたれも言わない
太陽の朝餉を受けて耳もとにふとにおう血を青春という
青い死の果実を持ちて夏野行く　狂ったように空が明るい

ほらあれは火祭りの炎ふるさとに残った秋をみな焼くための
アンモナイトの化石に耳をあててみるだれかにあげたい恋慕がひとつ

これらの作品に対して前川佐美雄はどのような評価をしたのか。実はこの時の選考委員会に前川は体調不良ということで欠席しており、文章での選評を提出している。その永井作品に関する部分を抄出してみる。

「さて私がよしとしたのは『太陽の朝餉』である。題からしてこれは若い人だろうと思った。一首目からして「古墳かもしれない丘を駆けぬけて夕焼けの町　また駆けて去る」。くったくがない。のびのびとした感じである。「かもしれない」などと口語である。「公害の町に大きな陽が落ちてあしたのことはたれも言わない」、これも「たれも言わない」と口語である。口語をよしとするのではないが、口語は大いにつかうことだ。とり入れるべきだ。「耳もとにちちははの声ゆっくりと遺跡の方へ星が流れる」「だれからもふりかえられず秋の野にころがっている憧れひとつ」「からっぽの封筒に似て生きている振り返ってもふるさとはない」（略）まあ、こんな具合である。これもむろん甘いことは甘い。けれども無理がない。しぜんなのだ。作りものではない。（後略）」

口語の新鮮さを前川佐美雄が評価したことは、『植物祭』の歌人であることを思えば納得できる。そして「無理がない。しぜんなのだ。」との指摘は永井陽子の才能の本質をきちんと見極めている。

口語を使った抜群のリズム感と愛唱性。それが初期の永井陽子の短歌の最大の特質であり魅力である。作品を音読してみるとその弾みのあるリズムが気味よく読者に伝わって来る。意識的に弾むリズムを構成したのではなく、天性の感覚の発露なのである。

さらに歌の言葉の選択の的確さも長所のひとつとして挙げておきたい。たとえば題となっている「太陽の朝餉」という言葉の孕む豊饒なイメージ。これは、あれこれと言葉を組み合せた苦心を感じさせない。おそらくいきなり「太陽」と「朝餉」が永井陽子の脳裏で結びついたはずだ。もっとも的確な言葉を駆使できる力。それが確かにある。

三つ目の特徴は青春歌としての結晶度の高さである。どの作品も描き出されている世界はオリジナリティーを主張しつつも、読者を置き去りにすることはない。つまり短歌の表現できる内容や領域をすでにして熟知しているのだ。

しかし、前川佐美雄の推奨にもかかわらず、これらの歌は角川短歌賞を受賞することはできず、候補作としても高い評価を得ることはないままに終わった。そして十五年後、口語文体を駆使した青春のきらめきとの賛辞を纏い、俵万智「八月の朝」が角川短歌賞を受賞する。

永井陽子はこの最初期の作品を一九七三年に『葦牙』という句歌集にまとめているが、講談社学術文庫の『現代の短歌』には『葦牙』からの抄出作品はなく、新書館の『現代短歌の鑑賞101』には二首のみ抄出されている。その後の口語定型短歌の先駆けとして大きな価値を持つ作品は、こうして再評価される機会もなく現代短歌史の影に追いやられたままになっている。すでに表現行為を完結させた永井陽子を論じるにあたって、その原点となる最初期の作品の青春のきらめく抒情とそれを意識的に振り捨てようとしたその後の表現姿勢を見落としてはならない。いかに意識的におさえようとしてもきらめいてしまう言葉。この矛盾は『てまり唄』の世界にまで確かに続いていたのである。

（「短歌」二〇〇〇年五月号）

Ⅲ

『サラダ記念日』現象以後

1

俵万智歌集『サラダ記念日』が河出書房新社から刊行されたのは一九八七年五月、初版は八千部だったという。この歌集がいきなりベストセラー化し、六月に十万部、七月に三十万部、八月にはなんと百万部を達成、年が明けた一九八八年一月には二百万部、さらにその年の七月には二百七十万部を超えたという異常な売れ行きを実現した。これが言わゆる「『サラダ記念日』現象」である。

歌集の九十九パーセントが自費出版である現状は、一九八七年も現在も変わってはいない。それが河出書房新社によって商業出版されて、しかも初版が八千部というのは、それだけで異例と言える。ちなみに昔も今も自費出版の歌集の刷部数は五百部前後が普通。その中から四百部くらいを歌壇の内外に贈呈し、残りが自宅の押し入れに埃をかぶっているのが普通であるから、『サラダ記念日』は最初から歌集の範疇には入らない出版物だったのだ。

日本の出版物でもっとも売れたとされているものは黒柳徹子著『窓ぎわのトットちゃん』で、五百八十万部超ということになっている。『サラダ記念日』の二百七十万部は、『マディソン郡の橋』や村上春樹の『ノルウェイの森』と同じくらいということである。いずれにせよ、歌集の販売部数としては空前であり絶後である。

なぜこのように出版史ばかりか、昭和末期の風俗史にも残る記録を『サラダ記念日』が築きえたのか。歌人や短歌の批評家ばかりでなく、一般の文芸評論家まで巻き込んで、さまざまな分析がなされた。ここでは、角川短歌賞受賞時の選評も含めて、代表的なものをいくつか紹介してみよう。

まずは角川短歌賞受賞時の選考委員はどのように評価したのか、角川書店の「短歌」一九八六年六月号掲載の選考座談会を確認してみる。ちなみに選考委員は大西民子、岡井隆、篠弘、武川忠一の四氏。俵万智の応募作の題名は「八月の朝」で、予選では大西、篠、武川の三氏は点を入れており、岡井隆のみ点を入れていない。

大西民子
「若い女性の明るい恋愛体験が捨てがたくて、最後まで迷っていて、残しました。」
「私の教室で、去年次席の俵さんの歌を読ませたら、みんな面白がって、一つの新しい短歌のタイプが生まれてきたという感じでした。若い人の特権であると同時に女の人の特権でもあるような感じが、この歌を見るとするのです。」

岡井　隆

「村上春樹さんとか早稲田派にはこういう軽妙な恋愛状況を描かれる方が多いが、ああいったものが短歌のなかに入ってきていて、時代的にはシンクロナイズしているのでしょうね。だからこれは、ある意味からいうと現代そのものでもある。」

「いままでの人は文語を口語化しただけなんだが、この人たちは頭から口語がそのまま歌の中に入ってきている。」

篠　弘

「生きている充実感みたいなもの、かなりフィクションの部分があると思うんですが、そういう明るさのなかの一途さとつつましさみたいなものもあり、それが共感を呼びます。」

武川忠一

「文体は確かに軽くて、全体の扱い方がサバサバとしているんですが、実はなかなか繊細な一面もあり、自分を見通していて、必要以上に押し出さないというか、生きることを見詰めている作者の目を持っていられるんです。」

このようにおおむね俵万智の短歌の美質、特徴をそれぞれが見抜いているといえる。

寄せ返す波のしぐさの優しさにいつ言われてもいいさようなら

大きければいよいよ豊かなる気分東急ハンズの買物袋
「また電話しろよ」「待ってろ」いつもいつも命令形で愛を言う君
「寒いね」と話しかければ「寒いね」と答える人のいるあたたかさ
ハンバーガーショップの席を立ち上がるように男を捨ててしまおう

角川短歌賞応募作「八月の朝」には、これらの『サラダ記念日』の中核をなして、人口に膾炙している歌が含まれていたので、受賞は当然だったといえる。面白いのは、この第三十二回角川短歌賞の次席は、穂村弘の「シンジケート」であった。平成の最大のスター歌人である穂村弘の登場が、俵万智とともにすでに準備されていたということは、短歌の神様の悪戯なのかもしれない。

歌集としての『サラダ記念日』の反響に目を移してみる。この部分は二〇一六年十一月に刊行の「Ｔｒｉ」四号に掲載された寺井龍哉の「『サラダ』とは永久に女の言葉――一九八七年の『サラダ記念日』批評を追って」から孫引きさせていただく。

向井　敏

「特に戦後の短歌というのは、伝統の抜け殻みたいなものですね。俵万智はその抜け殻だった伝統に活を入れたといっていいでしょう。いわゆる口語短歌の無味乾燥なのと違って情緒が豊かですし、それも啄木がやったような、或いは寺山修司がやったような湿っぽいものでなく、晴々としているのです。それが気持良かった。」

これは新潮社のＰＲ誌「波」の一九八七年十二月号の江國滋との対談の中の向井敏の発言。寺井龍哉は「一九八七年五月以降の文芸関連の雑誌上の対談を追っていると、必ずと言ってよいほど『サラダ記念日』への言及がある。読書人たちの関心の高さがうかがえるし、彼らはこの歌集に何か言わずにはいられない、といった気分だったのだろう」と分析している。

中上健次

「たとえば『サラダ記念日』てあるだろう。あれはあの子の個性じゃないんだよ。五七五七七がどのくらい強いか、ていうことを言っているにすぎないわけだろう。歌でもなんでもないよ。歌というものの器がどのくらい強いか、器の方がどれだけ、すごいかってことを言っているにすぎない。歌じゃなく、歌の器だよ。器の勝利をいってるにすぎない。」

これは角川書店刊行の「俳句」一九八七年十一月号の都はるみとの対談。俵万智の力ではなく、短歌イコール歌という器の力だと喝破しているのは、中上健次ならばかくならんという気持ちになる。

島田雅彦

「確かに、どこかで見たような文章の羅列であっても、ある独特のリズムの分割の仕方とかで、そこに個性があらわれると思う。例えば俵万智の短歌にしても、あれはきっと日常だれしも日記帳に書くくらいの文章であったりするわけだけれども、それを五、七、五、七、七の軽快なリズムに分割したところにすべてのよさがあらわれてくると思うのです。ただそこには批評もパロディもないので、やたらに甘ったるく、素直で単純なよい子の短歌という感じですが。」

これは「群像」一九八七年十月号の大江健三郎と島田雅彦の対談「新しい文学のために」における発言。これは『サラダ記念日』の弱点である自己批評の無さを言い当てている。ここで私自身が『サラダ記念日』を読んだ際のリアルタイムの感想を言えば、島田雅彦と同じく、底抜けともみえる自己肯定が嫌だった。当時の私は、短歌表現というものは、世界に対して疑いを持ち、自己と世界との関係を問い続ける視点から生まれるものだと思っていた。具体的に短歌を引いて語ってみる。

大きければいよいよ豊かなる気分東急ハンズの買物袋　俵　万智
夕照はしづかに展くこの谷のPARCO三基を墓碑となすまで　仙波龍英

仙波龍英の一首は一九八五年五月に紫陽社から刊行された『わたしは可愛い三月兎』の代表歌。東急ハンズとPARCOという一九八〇年代の消費至上主義を象徴する商業施設を詠み込んだ二首でありながら、歌の孕む世界は著しく異なる。俵万智の作品には、東急ハンズや消費行為に関する圧倒的な肯定が充満している。一方、仙波龍英の作品には、ＰＡＲＣＯを墓碑と見立てている。そこには眼前の現実や時代に対する鋭い批評がある。私は仙波龍英の作品のように、世界を時代を撃つ言葉こそが短歌表現だと思っていた。実はこの考えは今も変わらない。『サラダ記念日』のベストセラー現象に対して、歌壇外の表現者が、向井敏のような肯定者も居たとはいえ、批判、否定の言葉は正鵠を射ていたと思う。一方、歌人たち、歌壇インナーは空前の出来事にただただ圧倒され、『サラダ記念日』をどう位置付ければよいのか戸惑っていたように思う。そして、その戸惑いを抱えたまま、平成という時代に流れこんでいったのではないか。ライトヴァース、ニューウェーブなる現象も、その戸惑いを、何とか批評の言葉で言いとめようとする試行錯誤だったように思う。

2

『サラダ記念日』現象が歌壇にどのような影響を与えたかを、阿木津英が端的に言いおおせた言葉がある。『二十世紀短歌と女の歌』（二〇一〇年、學藝書林）の巻頭に収められた論文「『サラダ記念日』――消費社会に馴致された感性の出現」の一節である。

ここで阿木津英は、第三十二回角川短歌賞では俵万智の「八月の朝」が入選し、次席が穂村弘の「シンジケート」であったことを指摘し、穂村の〈「猫投げるくらいがなによ本気だして怒りゃハミガキしぼりきるわよ」〉、〈ワイパーをグニュグニュに折り曲げたればグニュグニュのまま動くワイパー〉の二首を引用した後、次のように述べる。

「「異色の歌人」たちは、「異色」ではなくなりつつあった。彼らの登場は「短歌」というものの規範とその歯止めが、すでに利かなくなってしまっていることを露呈した。短歌における近代規範の崩壊現象はすでに早くから始まっていたといってよいが、ここに来てようやく、自己制御能力を完全に喪失し、現在にいたる長い崩壊過程が本格的に始まったのである。」

初出一覧によるとこの文章が書かれたのは二〇〇一年なので、阿木津英は平成初期の短歌シーンを俵万智や穂村弘といった異色の歌人の登場による短歌の規範の崩壊の過程としてとらえている。そして私もそれに同意する。

ライトヴァースはこの「異色」たちを、何とか規範の側から言いとめようとした用語であり、ニューウェーブというのは、「異色」の側から自分たちの試行を宣言したフレーズだったと言える。

ライトヴァースに関しては、岡井隆が提唱したとされている。もともとはイギリスの詩人オーデンが提唱した用語。古典的で装飾的な文体の韻文に対するアンチテーゼで、俗語の導入やパロディ等々の手法で、鋭い批評を内包する方法論のこと。岡井隆は林あまり、中山明、仙波龍英らの、『サラダ記念日』刊行以前に第一歌集を上梓していた歌人たちの作品に、すでに旧来の短歌の規範をはみ出してゆく用語法や修辞を感受して、それをライトヴァースと名付け、俵万智や穂村弘の作品もその用語でくくろうとしたのだが、残念ながら定着しなかった。それは、仙波龍英や加藤治郎のような一部の作品を除いて、ライトヴァースの真髄である批評がなかったことと、それぞれの歌人の作風が多彩過ぎて、一つにくくることが難しかったことと歌人たち自身もそのようなレッテルを貼られることを良しとしなかったからでもあるだろう。

では、ニューウェーブとは何なのか。『岩波現代短歌辞典』には、栗木京子の執筆で、次のように書かれている。

「ライトバースの影響を色濃く受けつつ、口語・固有名詞・オノマトペ・記号などの修辞をさらに尖鋭化した一群の作品に対する総称。一九九〇年代初めに加藤治郎、荻原裕幸、西田政史などの作品傾向に対して荻原が命名した。荻原自身もそう呼ばれた。」

このように解説して、ニューウェーブの例歌として、次の二首を挙げている。

言葉ではない!!!!!!!!!!!!!!!!!ラン！　加藤治郎

（梨×フーコー）がなす街角に真実がいくつも落ちてゐた　荻原裕幸

記号が多用されて発音ができなかったり、（梨×フーコー）のような不可解なフレーズが使われているのが特徴。これらは記号短歌と言われたりもした。短歌定型を内側から異化していこうという試みということだろう。

今の視点からこれらの作品を読んでみると、やはり、「ニューウェーブ」という言葉にふさわしい新しさや衝撃度が足りなかったように思える。大正末期から昭和の始めに安西冬衛や北川冬彦たちのモダニズムやダダイズムの詩の新鮮さ衝撃力を超えているかと問えば、否という答えになってしまうだろう。とはいえ、ニューウェーブを作品のみではなく、運動としてとらえると、現在に続く成果のいくつかを数えることはできる。

たとえば一九九八年に荻原裕幸が中心となってスタートしたラエティティアというメーリングリスト。これには二百人近くの歌人が参加していたのではないか。ちょうどWindows95の発売に伴うパーソナルコンピュータの普及期でもあり、メールを使っての一斉同報による意見の交換機能の設営は、歌人たちを強く刺激した。そこからさまざまなイベントも生まれた。

五十嵐きよみが運営した「題詠マラソン」もその大きな結実の一つだった。これは複数の出題者が掲示板上に百の題を出題して、参加する歌人たちは自分のペースで、それらの題を詠み込んだ歌を次々に書き込んで行く。参加歌人は、掲示板上で他者の短歌を読み、自分の歌を書き込んで行く。難しい題に難渋していても、他者がその題をどのよう詠んでいるか、リアルタイムで確認できる。それで刺激を受けて、難題を何とかこなすことができる。

これはラエティティアにも「題詠マラソン」にも参加していた私自身の体験である。「題詠マラソン」では、出題の題以外に自分だけのテーマを設けて詠むこともできる。私は題を詠み込むだけでなく、一首に人名を入れることを縛りにして百首を詠んだ。一週間以上かかったが、中には題が発表されると同時に、即、歌を作り始め、数時間で百首を詠み終えてしまう猛者もいた。こういう猛者が現実に存在するということを目の当たりにするだけでも、刺激されるわけで、歌人たち相互の切磋琢磨に大いに役立った。このイベントの成果は荻原裕幸、五十嵐きよみ編『短歌、WWWを走る。　題詠マラソン２００３』として、邑書林より出版されている。何首かを紹介してみよう。

題「たぶん」

この花のなを知らぬほど愚かならたぶん一生そのままだわね　村田まゆ子
たぶんそうそうなのだろうわたくしは月光よりも役に立たない　岡村知昭
抱かれれば肩の向こうはみえなくて寒茜へのたぶん、目隠し　氏橋奈津子

題「がらんどう」

きっといまあたまのなかはがらんどうひとりの声が響いてわたる　花笠海月
がらんどうでしたね鼓笛隊が過ぎ桜の散ったあと　あの春は　五十嵐きよみ
不況でもにぎやかですがなんにせよ日本のなかはがらんどうです　荻原裕幸

もう一つのイベントは田中槐の呼びかけで始められた「マラソン・リーディング」。これは歌人自身による自作の短歌の朗読。それまで、肉声の復権を唱えている福島泰樹の短歌絶叫コ

ンサートは開催されていたが、そういうかたちではなく、複数の歌人が集まって、次から次に自作朗読をしていこうというもので、ハードルを思い切りさげているのが特徴。

このイベントも二〇〇一年を皮切りに、何年か継続して開催されたが、築地本願寺内のブディストホールで開催された第一回には、岡井隆、奥村晃作、石井辰彦、穂村弘、加藤治郎、黒瀬珂瀾、辰巳泰子、佐藤りえ、また、二〇一八年に「リトルガールズ」で太宰治賞を受賞した錦見映理子も参加している。これもネットで歌人同士のゆるやかな連帯が生まれてきたがゆえの成果といえる。二回目以降は歌人だけでなく、俳人、詩人も参加している。

荻原裕幸、加藤治郎、穂村弘の三人はSS-PROJECTなるユニット名で、コンピュータ空間を使って、様々な可能性を試行錯誤していた。中でも荻原裕幸はラエティティアのほかにかなりの数の歌人やグループに掲示板や電脳日記の管理人として、電脳空間をメディアとして活用するバックアップをしてくれた。多くの詩歌人が集った穂村弘の「ごーふる・たうん」がいちばんの成功例だろうが、筆者も「抒情が目にしみる」という題の掲示板と「電脳日記・夢みる頃を過ぎても」という二つの媒体を、荻原裕幸の管理の下で活用させてもらった。これは二〇〇〇年七月に始まり、二〇〇七年六月に閉鎖するまで、丸七年続いた。この媒体を使わせてもらったことで、新たな歌人たちとの交流やリアルタイムでの短歌の問題に対して議論できたことは、歌人として成熟するために多くの糧を齎してもらったといえる。そう思えば筆者も、作品としてのニューウェーブには何も寄与していないが、運動体としてのニューウェーブにはいささかなりとも育てられたと思うべきなのかもしれない。

SS-PROJECTはさらに、加藤治郎を中心として、「歌葉（うたのは）」というオンデマンド出版のブランドを立ち上げて、廉価な歌集出版の道を開くと同時に、SS-PROJECTの三人が審査員となる応募制の新人賞「歌葉新人賞」を設立した。この賞は二〇〇二年から二〇〇六年まで継続し、五人の新人を登場させた。この五人の受賞者の中に斉藤斎藤、しんくわ、笹井宏之が居るといえば、この賞がきわめて先見性のある選考が行われていたことがわかる。

「口語は前衛短歌の最後のプログラムである」という加藤治郎の言葉はよく知られているが、この歌葉新人賞から優れた口語短歌をつくる歌人が輩出したことが、その言葉を現実化したのではないか。彼らの登場が、口語短歌の実作者を増やすきっかけになったことは間違いないし、その波はたとえば現在の書肆侃侃房の新鋭短歌シリーズの百花斉放に接続しているといえる。その意味で、プログラムは完成したのかもしれない。

歌葉新人賞歌人の作品を紹介しておく。

題名をつけるとすれば無題だが名札をつければ渡辺のわたし　斉藤斎藤

シャツに触れる乳首が痛く、男子として男子として泣いてしまいそうだ　しんくわ

それは世界中のデッキチェアがたたまれてしまうほどのあかるさでした　笹井宏之

斉藤斎藤の一首は、第一歌集『渡辺のわたし』からの引用だが、第二歌集『人の道、死ぬと

町』（二〇一六年、短歌研究社）は詞書や語註を多用した構成的な作品を収録して、ニューウェーブの名に恥じない活躍をしている。

4

平成から令和への元号の変更に伴い、メディアでは平成を総括する企画がいくつも作られた。その中で否応もなく思い知らされたのが、平成は天災の年であったということ。具体的には一九九五年一月十七日の阪神大震災と二〇一一年三月十一日の東日本大震災。とりわけこの二つの地震災害は歌人たちにも大きな衝撃を与え、その衝撃の中からさまざまな短歌が生み出された。

死者六千人超、負傷者四万三千人に及ぶ阪神大震災は、バブル経済破綻以降のかすかな残り香をも完全に吹き飛ばす大惨事だった。新聞歌壇にも短歌専門誌にもこの災害を詠った数多くの歌が発表された。それらの作品をまとめて、『瓦礫の街から―阪神大震災の歌』（学生社）、『阪神大震災を詠む』（朝日出版社）、『悲傷と鎮魂―阪神大震災を詠む』（朝日新聞社）等々のアンソロジーが相次いで刊行された。

本は凶器　本本本本本本本本本本本　本の雪崩　　道浦母都子『夕駅』

平成十七年一月十七日　裂ける　　時実新子『時実新子全句集』

道浦母都子の短歌と時実新子の川柳である。この二人の短詩型作家は期せずして阪神大震災に襲われた。道浦母都子は本本本というリフレインで定型をはみ出す地震の凄まじさを詠い、時実新子は災厄の日付に、ただ一言「裂ける」という動詞を置いて、言葉ではあらわせない壮絶さを暗示した。

『瓦礫の街から―阪神大震災の歌』から何首か引いてみる。

ベッドもろとも揺り上げられてわななけるわれの咽びは獣のごとし　西海隆子

家焼くる黒煙そらに舞ひみちて死をよぶ街の朝焼けの空　川西俊子

ヘリコプターの胸を圧しくる轟音がまた地の揺れを呼び起すやも　堀いつ子

健気にも五時四十六分を示したる時計転がる戦死者のごと　松村恵美子

〈ガスはまだ?〉〈水は出ますか〉挨拶を交しゆく町に菜の花を買ふ　山田みどり

＊

破壊もまた天使であるとグレゴリオ聖歌が冬の神戸を駆ける　尾崎まゆみ

ルミナリエ縫ひ目ほころびよろこびの祈りは声の中にはかない

初めの五首には被災者ならではのリアルな言葉で、大地震の脅威が詠われている。そして尾崎まゆみの二首は歌集『酸っぱい月』の収録作品だが、大地震の年の神戸のクリスマスにおこなわれた鎮魂のイベントのルミナリエを詠っている。このように短歌には、個人の視点から記録し詠嘆することができる一方で、尾崎まゆみの作品のようにイベントを個の祈りに昇華して伝えることもできる。

東日本大震災は地震のみならず、凄まじい津波と福島の東京電力第一原発のメルトダウンを引き起こし、実は今でも終息していない。そしてこの災厄は改めて「短歌とは何か？」という根源的な問いを歌人たちに突き付けた。

日本歌人クラブが二〇一九年に刊行した『日本歌人クラブ創立70周年記念誌』の二〇一一年の項目には次のように記されている。

「震災後の短歌総合誌、結社誌には多くの震災に関する歌が掲載され特集も組まれた。「歌壇」六月号は「震災の歌　被災地からの発信」、「短歌研究」七月号は「ことばは無力か」、「短歌往来」十一月号は「題詠による詩歌句（大震災）の試み」とさまざまなアプローチがなされた。梶原さい子「『津波くる逃げて！』と打ちきガラスまみれの渡り廊下をひた走りつつ」、熊谷龍子「何十機ものヘリが頭上を飛ぶ日常轟音はフラッシュバック引き寄す」、佐藤通雅「給水と買出し三時間並ぶとき都会人らは放射能怖る」、大口玲子「許可車両のみの高速道路からわれが捨ててゆく東北を見つ」、水原紫苑「まがつ火を北に負はせてぬばたまの首都死のごとく明るかりにき」。被災した歌人もそうでなかった歌人も「ことばは無力か」という問いに全力で真向かった。高木佳子「全てが壊れた。震災前の価値観・思考も廃墟となった。それは被災地の人ばかりではあるまい。だが、私たちは言葉まで廃墟にしてはいけないのだ。もし、言葉の廃墟が目の前にあるなら、一人の点灯夫として、私たちはその廃墟を灯しつづけなければなるまい」。この言挙げこそが歌人の矜持ではなかったか。」

この記述はくり返し読み直されるべきだと思う。東日本大震災をさまざまな角度から詠った歌を現代歌人協会編『東日本大震災歌集』（二〇一三年）と秋葉四郎編『歌集平成大震災』（二〇一三年、いりの舎）から紹介する。

地に這ひて激しき地震に堪へてゐる無明の闇にさまよふごとし　大和類子
「避難せよ、ただちに避難せよ」と告ぐ久しかりけりその命令形　小橋芙沙世
数知れぬ骸の顔に化粧するボランティア居り心打たるる　近藤やよひ
卒園式に遺影を抱くその母はこゑふりしぼる呼ばれしときに　上川原ツル子
置き去りにされたる後に生まれたるらし群れに従う子牛二頭は　住　正代
マツモトキヨシの店内中央ポップ付き線量計の値段を見たり　浦河奈々
天皇が原発やめよと言い給う日を思いおり思いて恥じぬ　吉川宏志

歌人は自らの内部で、この二つの大災厄で言葉が果たした意味を絶えず考え、反芻し、咀嚼し続けるべきである。私がこの時代の中で、詠えることは何か。詠わずにはいられないことは

何なのか。この問いかけを忘れた短歌は、もはや表現の根拠を失っている。「ことばは無力（ではない）」と信じ、それを証明し続けることが、この時代に表現方法として短歌を選んだ者の使命であるだろう。

たとえば、今、『サラダ記念日』が刊行されたとしても、あのような大ベストセラーになることはありえない。それは『サラダ記念日』の文学的価値云々ということではなく、特定の時代の空気の中でこそ輝く歌集だったということだ。

『サラダ記念日』現象以後の歳月は二〇二〇年で三十三年になる。塚本邦雄が二〇〇五年に亡くなってから十五年。このテーマは「塚本邦雄亡き十五年」という視点から、第二部が書き継がれなければ、本当は完成しないのかもしれない。

当の塚本邦雄はすでに『サラダ記念日』刊行の年に、このように皮肉な歌を詠んでいたのだが。

ライトヴァースは嘉《よみ》せざれども午後二時に靉靆《あいたい》として左眼の霞　　塚本邦雄『不變律』

（「日本現代詩研究」第十四号　二〇二〇年三月）

短歌のニューウェーブについて

中学生の頃からSFファンだったので、私にとってのニューウェーブといえば、J・G・バラードでありブライアン・オールディスであり、トマス・M・ディッシュであり、サミュエル・R・ディレイニーであり、何よりハーラン・エリスンと彼が編纂した記念碑的なアンソロジー『危険なヴィジョン』であった。日本人作家なら、山野浩一と彼が創刊、編集した「季刊NW-SF」である。

「SFとはもはやサイエンス・フィクションではなく、スペキュレイティブ・フィクションである。」とのニューウェーブSFの定義は、何かとてつもなくもの凄く今までに見たことも聞いたこともない作品が出現しているという感覚に陶酔したものだ。

というわけで、ニューウェーブ即ちSFだと脳裏に刻み込まれていたもので、短歌シーンでのニューウェーブといわれても、正直、ピンとこなかった。

二〇一八年六月二日に開催された現代短歌シンポジウム「ニューウェーブ30年」で配布された三輪晃制作の資料「ニューウェーブが指向したもの――〈主体〉〈言語表現〉〈口語〉の問題

をめぐって」を見ると、「短歌研究」一九九一年十一月号掲載の「誌上シンポジウム　現代短歌のニューウェーブ・何が変わったか、どこが違うのか」の出席者として、小池光、荻原裕幸、加藤治郎の三氏と並んで私の名前も掲載されている。この時の私は内容のある発言は、ほとんどできなかった。短歌のニューウェーブなる認識をもっていなかったのだから、きちんとした発言などできるわけもない。

唯一「穂村弘作品は映画の絵コンテやわたせせいぞうのコミックの一場面を言葉に置き換えたように思える。」と発言したことは記憶している。わたせせいぞうは一九八〇年代後半に『ハートカクテル』などのファッショナブルな作品でブレイクしていたコミック作家。つまり、この時期の穂村弘作品に対して、私はきわめてお洒落な作品だと思っていたのであろう。この誌上ディスカッションでは私は「短歌研究」編集部の期待に応えられなかったわけだ。しかし、この場を経てからも短歌のニューウェーブなるものは、私にとっては明瞭な像を結ばなかった。少なくとも、この三十年間、私は短歌シーンをリアルタイムで体験してきたと思ってはいるが、短歌のニューウェーブの浸透と拡散を実感できていなかった。

短歌のニューウェーブを実感できなかった最大の要因は、その提唱者である荻原裕幸と加藤治郎の作品から、私は「短歌の新しい波」を感じなかったからだと思う。穂村弘は「ニューウェーブ30年」のシンポジウムで本人も発言しているとおり、短歌のニューウェーブの中核の当事者ではなかったように思うし、西田政史は短歌のニューウェーブ発芽時の有力歌人だったのかもしれないが、その後の三十年の大半の時間、短歌シーンの当事者ではなかった。リアルタイムの体験がなければ、責任ある発言は難しい。

▼▼▼▼▼ココガ戦場?▼▼▼▼▼抗議シテヤル▼▼▼▼▼BOMB!　荻原裕幸

1001二人のふ10る0010い恐怖をかた1011000り0　加藤治郎

荻原裕幸、加藤治郎両氏の作品。これらの作品は記号短歌といういささか侮蔑的な名称で呼ばれたが、当時も三十年経った現在も私にとって「何かとてつもなく凄く今までに見たことも聞いたこともない作品」ではない。こういう実感が短歌のニューウェーブに対する否定的な態度を生み出していたのだと思う。

ところが、「ねむらない樹」の創刊号「ニューウェーブ30年」と第二号の「ニューウェーブ再考」の二つの特集を読み、考えが変わった。「ニューウェーブとは作品のみの変貌ではなく、それ以外の短歌シーンへの変革の働きかけ」だったのだと。

そう思えば、荻原裕幸のメーリングリスト・ラエティティアの運営や歌誌「短歌ヴァーサス」の編集は、短歌表現に自覚的な歌人の交流と鼓舞に寄与し、これは短歌のニューウェーブの意図的な持続に思える。さらに加藤治郎を中心にして、荻原、穂村両氏が尽力したオンデマンド出版「歌葉」及び歌葉新人賞の運営は多面的な口語短歌の隆盛に大きく貢献し、現在の書肆侃侃房の「新鋭短歌シリーズ」に確実に接続している。これは加藤治郎の「口語は最後のプログラム」の具現である。そして、歌葉新人賞からは斉藤斎藤と笹井宏之が出現した。とりわけ斉藤斎藤の第二歌集『人の道、死ぬと町』は私にとって「とてつもなくもの凄く今までに見たことも聞いたこともない作品の出現」であった。

気づくのがいささか遅かったが、リアルタイムのノイズを消し去って見れば、そこには新しい結晶世界が出現していたということか。

（『現代短歌のニューウェーブとは何か？』　二〇二一年三月）

二〇二〇年の春を、歌人は如何に詠ったか？

二〇二〇年の初頭から、地球的規模で新型コロナウイルス性肺炎のパンデミックが巻き起こった。中国の武漢に端を発したこの新しい流行病はたちまちのうちに世界中に広がり、日本では安倍首相の要請で、三月から全国の小中学校が一斉休校になり、七月に予定されていた東京五輪は一年延期されることになった。四月七日には東京、神奈川、千葉、埼玉、大阪、兵庫、福岡の七府県に緊急事態条項が発令され、同月十六日から、その対象は全国に拡大された。この緊急事態宣言は最終的には五月二十五日に解除された。

この未曽有の事態に直面した二〇二〇年の春を、歌人たちは如何に詠ったのか。主として短歌専門誌の六月号、七月号に発表された新型コロナウイルス性肺炎に関わる作品を具体的に読んでみることで、歌人の思いとその表現を確認してみたい。

ステイホーム、ソーシャル・ディスタンス、クラスター、自粛生活、リモートワーク、アベノマスク、一律給付金といった耳慣れない言葉が生活の中に侵入してきて、マスク着用やアルコールによる手指の消毒は必須のこととなった。否応なく私たちの生活は変化を強いられたのである。やはり、一番記憶に新しいのは、マスク騒動だろうか。

マスクマスク足りないマスク後ろから奪はれさうな紙製マスク　中根　誠
スーパーのマスク売場に遭遇す「ダメえ」の声もつまづく音も　池田はるみ
購ひ足せぬ不織布マスク熱湯に沈めて吊るす先づ明日の分　大山敏夫

インフルエンザや花粉の予防にマスクを使う習慣はあったが、外出時には必ずマスクをしなければならなくなり、しかも、品不足で容易に買えなくなるとは、少なくとも一月くらいには思ってもみなかった。中根誠、池田はるみ作品は、そのマスク不足の現場の心理と状況を詠っている。品不足で値段も吊り上がったし、たまにマスクが入荷すると、そこへ一斉に買いたい人たちが集まり、場合によっては奪い合いにもなる。中根作品はそういう殺気だった雰囲気の不安を詠い、池田作品はその騒然とした現場の臨場感を詠っているわけだ。

そして、本来、使い捨てだったはずのマスクを洗って明日も使う新たな習慣の定着を詠う大山敏夫作品。マスクが買えないから、明日仕事に行く時のために、一日使って汚れたマスクを熱湯で消毒して洗っている。まさか、こんな行為をすることになるとは思いもよらなかったことだろう。この三首など、コロナ以前に読んだら、実感が湧かなかったにちがいない。新型コロナウイルスの怖さの実態がわからぬままに、右往左往し、ともかく、なんとか日常を維持しようとしていたのである。

白塗りの殿さまさえも罹患する志村けんの死　嗚呼というまに　佐伯裕子
日に幾度Johns Hopkinsにコンタクト　リアルタイムの死を確かむる　永田和宏
諸人はアマビエなるもの拝みだす祟り神かもしれないけれど　斉藤真伸

三月二十九日に人気コメディアンの志村けんが、新型コロナウイルス性肺炎で亡くなり、それが大きくテレビや週刊誌で報道されてから、死に至る病としてのコロナという認識が一気にリアルになったのではないかと思う。佐伯裕子の歌は志村けんの演じたキャラクターのバカ殿さえもが急逝してしまった驚きを伝えている。日本人の大半がこの歌と同じ思いを抱いたことだろう。四月二十三日に女優の岡江久美子が亡くなり、この前後の報道で、親族さえも感染予防のために、臨終に立ち会えないという事実が知らされた。

次の永田和宏の作品は、コロナの発生初期から、各国の感染者数や死者の数を集計していたアメリカのジョンズ・ホプキンズ大学のサイトを確認しているという科学者らしい内容。「リアルタイムの死」というフレーズが読者に緊張感を抱かせる。その時、世間では斉藤真伸が詠っている疫病退散の妖怪アマビエなるものが急速に知名度を上げ、その図像が至る所に流布するようになっていた。このアマビエ像は厚生労働省のサイトにさえ貼り付けられていた。もちろん、二十一世紀に本気でアマビエのご利益を信じていたわけではないにしても、すがれるものならアマビエにでも助けてもらいたいという国民的雰囲気はよくわかる。

わが家にはフリーランスの音楽家、劇団員ゐてお茶を引きをり　春日いづみ

呼気吸気マスクのうちになまぬるく籠る会議に発言をせず　齋藤芳生

在宅の勤務となりてパソコンを操作し二階に静かな息子　水野昌雄

ふすまを開けてホットケーキを勧めおり電話会議を終えたる君に　鯨井可菜子

全国的な緊急事態宣言の中で、私たちの日常生活はどのように変化せざるをえなかったのか。音楽会、演劇、映画、寄席等々の興行はすべて中止になった。飲食店やデパートも閉店を余儀なくされ、スーパーマーケット、コンビニエンスストア、そして青果店、精肉店、鮮魚店といった食材店等々を除き、商店はほぼ休業ということになった。そういう状況の中で、仕事というものは、どのように変化することになったのか。

春日いづみ作品は家族に音楽家と劇団員が居るので、ともに仕事がなくなってしまい、いわゆるお茶を引く状態になってしまったという内容。フリーランスの人はまさしく失業状態になってしまったのである。

次の齋藤芳生の歌はコロナ下での職場の会議の光景。「呼気吸気マスクのうちになまぬるく籠る」という表現には、誰もが体感的なリアリティを感じるだろう。そういうイヤな感覚を覚えながら、会議では何も発言しなかったという心理にも共感できる。非常事態宣言下での職場での一齣を巧みに切り取っている。

次の二首はリモートワーク、いわゆる在宅勤務を家族の立場から詠っている。水野昌雄作品では父の立場から、二階の部屋でパソコン作業をしている息子を少し訝しく見ている感じだ。父親の常識では職場に行かずに二階で会社の仕事ができるということが不可解なのだろうか。鯨井可菜子の一首は妻の立場から、夫の在宅勤務を思いやっている。電話会議とは、ズームやスカイプを入れたスマホによるリモート会議なのだろう。ふすまをあけてホットケーキで夫をねぎらうという行為が微笑ましくもある。ふすまのある部屋はもちろん畳の和室ということだろう。いかにも日本的な在宅勤務の光景といえる。

消毒液しゅっと手指に吹き付けて食品売り場の結界に入る　松平盟子
すり抜けてクラクション浴びてゐるものはウーバーイーツの黒き自転車　梅内美華子
エレベーターのボタンをグーで押すことに慣れて家でもグータッチする　大野英子
自粛疲れに街へ出でゆき鉄製のフライパン一つ買って来たりぬ　佐波洋子

仕事ではない日常の場でも、様々な変化が生じている。松平盟子作品では、手指を消毒しないと入れない食品売り場を「結界」と詠っている。今はこの行為は当たり前になってしまったが、第一次の緊急事態宣言の初期の頃は、まさしく「結界」に入るための禊のようにも思えたという違和感はよくわかる。

二首目の梅内美華子の作品も、今は見慣れてしまったウーバーイーツの配達自転車を素材としている。外食ができなくなったので、ウーバーイーツに依頼して食事を取り寄せる人が増えたのも、自粛期間中の特徴だったと思う。

三首目の大野英子の作品も、思い当たる人は多いのではないか。マンションのエレベーター等々で、今までは人差し指で階数ボタンを押していたのに、コロナ騒動以降はグーで押すようになってしまった。これは孫と一緒の場面なのかもしれない。それで、部屋に帰ってから、グータッチしたということか。

最後の歌は「自粛疲れ」という心理をとても巧みに表現しえていると思う。ステイホームで家の中に長い間籠っていることにも心理的に疲れ果て、久しぶりに外出してみたら、まさに不要不急のフライパンを買ってしまったという話。お金を使う、ものを買うという行為に飢えてしまっていたということなのだろう。

一方で、緊張した医療関係者の短歌も読んでみたい。

真夜を裂く子からのＬＩＮＥ「明日からコロナ隔離病棟勤務に辞令」　　平山繁美
最低と知りつつ三度声にする看護師の前に母親である
弱音すら吐かない息子「俺がやる。」吾も子も同じ看護師なれば

平山繁美作品を三首あげた。息子も本人も看護師として医療現場で働いている状況である。コロナ病棟勤務を命じられた息子、その連絡に胸を痛める母親。本当にこの状況は親から見れ

ば最低だと口に出してしまいながらも、息子の「俺がやる。」という使命感に結局は同意する。わずか三首の中に、ドラマが展開している。医療関係者の間では当然このような緊張感と使命感がせめぎ合っていたにちがいない。

歌人というのは言うまでもなく職業ではない。コロナ禍という未曽有の事態の中で、様々な職業的、日常的な場面に直面して、歌人はその刹那の自分の心象や行為をこのように詠い留めたのである。これは歌人の良心であり、時代を映し出すという現代短歌の効用であり使命なのだと思う。

もう何首かあげてみる。いずれの作品にもこの状況の中での歌人の本音をうかがうことができる。

感染し死ぬかもしれない恐怖よりお金なくなる恐怖が近し　浦河奈々
持続化の〈持続〉うたがい洗いたての指で給付の申請をする　江戸　雪
映画館にはたらくきみも仕事なく髪伸びたねえなどと言ひあふ　山下　翔
悪疫に立ち向かいいる医療者ら想いつつ酌む鯛をさかなに　脇中範生
届かざるアベノマスクはもう思はず一〇〇億円の雲を思へり　米川千嘉子

浦河奈々作品は主婦の立場からの率直な恐怖感をストレートに詠っている。強制的に仕事ができなくなってしまえば、当然、収入は減り、暮らしはたたなくなる。江戸雪の歌は自営業者として、持続化給付金なるものを申請する場面。上の句の「持続化の〈持続〉うたがい」には強烈な皮肉がこもっている。疑いながらも、消毒した指で申請書を書き込んで行く。これも現代の歌人の生活の一場面だ。

山下翔の歌はフリーター的な若者同士の会話の場面だろうか。アルバイト先の映画館も休館であり、仕事も収入もなくなる。確かに髪も伸びてしまうだろう。脇中範生は和歌山県でみかん栽培をおこなっている歌人。偽悪的ではなく、こういう場面はいくらでもあったはずだ。コロナウイルスに対して、一般人はなす術がないのである。酒でも飲んでいるほかはない。潔い本音の一首である。

米川千嘉子の一首は批評の歌。安倍首相が鳴り物入りで始めたマスクの配布は、数百億円の費用を使って、各家庭に二枚ずつ。小さ過ぎて顔をきちんと覆えず、届くのも遅くアベノマスクと揶揄された。一〇〇億円の雲とは、そういう税金の無駄な浪費によって雲散霧消した現実感のない金銭の比喩だろう。

コロナ禍による非常事態宣言の世界、ここで詠われた短歌には否応なく時代の陰翳が映し出されている。短歌というのはそういう性格の表現形式である。この時代に短歌をつくることは、自分というフィルターを通して、日常生活の中で感受した時代の微細なゆらぎを言葉に定着させることなのである。

新型コロナウイルスは世界中に氾濫している。しかし、短歌という表現方法で多くの人たちが、その感情を詩歌で表現しているのは日本だけだということは、貴重なことではないだろうか。

コロナ禍に慣れゆく怖さ素つぴんを「見たナ」と笑ひマスクをしたり　井上登志子

（「覇王樹」二〇二一年十二月号）

短歌と俳句の差異、そして魅力

短歌と俳句の差異を考えるときに、いちばん説明しやすいのは、喜怒哀楽を文学的に詠み込めるのが短歌、それを入れずに言葉の背後に象徴的に沈めるのが俳句という言い方ではないかと思っている。もちろん異論はあるだろうし、別のふさわしい表現もあるだろうが、私の中の理解として、このように考え、他者に説明する必要が生じたときには、これをベースとして語るように心がけている。

私自身がどのように短歌に魅かれたのかを考えてみても、やはり、定型詩でありながら、喜怒哀楽の表現がくっきりとできるという短歌の特性に反応していたのだと思う。

五月祭の汗の青年　病むわれは火のごとき孤獨もちてへだたる　塚本邦雄
鰯雲北にかがやきこころいたし結核家系われにて終はる　滝沢　亘
亡き母の真赤な櫛で梳きやれば山鳩の羽毛抜けやまぬなり　寺山修司
ヴェニスに死すと十指つめたく展きをり水煙りする雨の夜明けは　春日井建

血と雨にワイシャツ濡れている無援ひとりへの愛うつくしくする　岸上大作
その日からきみみあたらぬ仏文の　二月の花といえヒヤシンス　福島泰樹
春のさかりもすばやしそして霧雨のアデンに発ちてすでにはるけし　三枝昂之

これらは初学の頃の私が、「短歌っていいなあ、凄いなあ」と思った歌の数々だ。読んでいただければ、これらの歌の根幹は喜怒哀楽のグラデーションであるということがわかってもらえるだろう。

塚本邦雄の歌にはメーデーの行進をする健康な若者への灼けつく嫉妬の感情がある。次の滝沢亘は結核患者であり、喀血による窒息で亡くなった。掲出歌は諦念に見えるが、その底には何故に自分が死ななければならないのかという強い憤怒と怨嗟がある。これは第一歌集『白鳥の歌』の巻頭歌だ。他の作には、ストレプトマイシンという特効薬があるにもかかわらず、病状が進行しすぎていて、その薬を使っても治癒しないという怨念、死の側に取り残される者の怒りがみちあふれている。

寺山修司の一首は、母と故郷の風土、つまり血縁と地縁にがんじがらめにされている孤独な精神の孤絶と恐怖が詠われている。春日井建の歌にはトーマス・マンの『ヴェニスに死す』という背景がある。それは不毛の同性愛へのむなしい憧憬があるように思える。

次の岸上大作は「恋と革命に敗れた」との遺書を残して、一九六〇年十二月に二十一歳で自死した歌人。学生運動の高揚の中での片想いの恋情を清潔な抒情性で詠いあげている。青春の歌だ。この高揚がまもなく挫折から絶望へ至り、自死なる結末を迎えると思えば、これほど悲痛な思いもない。

福島泰樹は今もなお、短歌絶叫という固有の方法で、肉声による歌の伝達を続けている。掲出歌はその福島泰樹の第一歌集の一首。一九六六年のいわゆる第二次早稲田闘争を主題とした歌集で、女性闘士であった同志の姿を「仏文の二月の花」「ヒヤシンス」と詠う凜々しいみずみずしさが魅力である。

三枝昻之の歌は本格的な学生運動終焉後の挫折感を、日本を脱出したかつての同志への遠望をエールとして詠っている。

このような短歌の特性、魅力の底には喜怒哀楽のグラデーションがまぎれもなく存在している。つきつめればそれが短歌の根源であり、比類のない魅力なのだと思う。

こんどは具体的に短歌と俳句の比較をしてみる。寺山修司は、少年時代から俳句をつくり、やがて短歌研究新人賞を受賞して、短歌をメインの表現行為としたのだが、作品の中には同一素材の俳句と短歌が存在している。たとえばこのように。

ラグビーの頬傷ほてる海見ては　寺山修司

ラグビーの頬傷は野で癒ゆるべし自由をすでに怖じぬわれらに　寺山修司

テーブルの上の荒野に百語の雨季

テーブルの上の荒野をさむざむと見下すのみの劇の再会

ラグビーの頬傷の句と歌。どららもテーマは青春。俳句は余分な言葉を排して、頬傷の火照りと海の配合のみで、一句の中の若い「私」をシンボライズさせている。それでじゅうぶんに作者の思い、匂うような青春性は伝わってくる。

一方の短歌は短歌の中の「私」の性格設定まで踏み込んでいる。一首目の「癒ゆるべし」にすでに俳句にはなじまない感情が入っている。そして下の句の「自由をすでに怖じぬわれらに」で、「私」の性格に深みを付与している。喜怒哀楽の「喜」である。

次の「テーブルの上の荒野」の句と歌。キーワードがすでに過剰なまでに詩的熱量が強い。そこで俳句は「百語の雨季」という暗喩をそのままぶつけている。写生の技法では歯がたたぬ場合、一句全体を暗喩にしてしまうという技法である。短歌の方ではなぜテーブルの上に荒野があるのかということを、「劇の再会」と説明している。「さむざむと見下すのみ」というのは演出の上で「哀感」をあらわす感情表現だろう。

もう一つ私自身の作品で説明してみる。

キオスクに夕刊買うや春の雨　　藤原龍一郎

タブロイド版夕刊紙買うためにコインを探る指のさびしさ　　藤原龍一郎

キオスクで日刊ゲンダイや夕刊フジといった夕刊紙を買うことは私の日常にはよくある。俳句の方は行為だけを写生して、おりしも振り出した春の雨を季語として配合している。雨の日の新聞紙の湿りの感覚まで伝わってくれれば成功である。

短歌の方では私の心理を中心に構成してある。コインや指を提示した上で「さびしさ」で締める。まさに「哀感」の言語化。ここに俳句と短歌、二つの詩形の差異が明確に出ている。「さびしさ」は俳句ではむき出しでは使えない。短歌ではためらいなく使えるし、実際、使っている。

ちるさくら海あをければ海へちる　高屋窓秋
春ひとり槍投げて槍に歩み寄る　能村登四郎
くちなしの花カーソルの点滅す　榮　猿丸
梅雨寒や理工学部の長廊下　髙柳克弘

私の好きな俳句だが、どの句も「さびしい」と言わずに「さびしさ」を表現し得ている。これが俳句の特性であり、際立った詩的生理なのだと思う。

わかってもらえるだろうか。短歌と俳句のどちらが優れているかというようなことではなく、詩の形式としての機能と生理が異なっているということ。

私は自分の饒舌を受け止めさせる詩形として短歌を選んでいる。私の喜怒哀楽を淡彩から濃密まで短歌は表現として成立させてくれる。感情語を抜きにして、しかし、作者の心情を暗喩として伝え得る俳句は、言わば「沈黙は金」の詩形である。短歌と俳句、この二つの詩が歴史を超えて存在し、しかも、新聞に短歌俳句の投稿欄があるように、国民の表現として定着している現実は誇ってよいことではないか。詩形の特性を知って、自分の表現意志によりふさわしいものを、方法意識をもって選ぶ、それが表現者としての矜持であろうと思う。そして、願わくば、選ばなかった方の詩形にも目を配り、よき読者であってほしい。

（「都市」二〇一八年二月号）

時代は短歌に投影する

短歌は時代の陰翳をよきにつけあしきにつけ負っている。時代の中で生きている歌人が、その感性で受けとめた表現なのだから、時代の投影があるということは当然のことである。逆にいえば、時代から隔絶した短歌など、表現としての意味がないし、少なくとも現代短歌という名には値しない。

歌人自身に、自己表現として短歌という型式を意志的に選択したのだとの思いがあれば、つくりだされる短歌は時代の中に生きる人間の喜怒哀楽を写し出し、同時にそこにはその歌人が表現者として感受している時代の断面が確実に暗示される。そこにこそ、今、短歌を選ぶ意味があるのだと、私は思っている。

この点を前面に押し出した詩歌の資料がある。文芸誌「新潮」10月臨時増刊号として一九九三年十月に刊行された「短歌　俳句　川柳101年　1892～1992」という大判のムック。

歌人の三枝昻之、俳人の夏石番矢、川柳作家の大西泰世の三氏が、それぞれの専門のジャンルから、一年一冊ということで百一冊の詩歌集を選んでいる。そして、総括として前記の三人の詩歌人に吉本隆明が入って、「短詩型文学　百年のパラダイム」と題された座談会をおこなっている。

ちなみに始まりの一八九二年は短歌が樋口一葉の『戀の哥』、俳句が幸田露伴の『谷中集』、川柳が骨皮道人編の『古今川柳壹萬集』。百一年目の一九九二年は短歌が坂井修一歌集『群青層』、俳句が田中裕明句集『櫻姫譚』、川柳が倉本朝世句集『あざみ通信』となっている。

三詩型の対比も面白いのだが、ここでは時代と短歌との関係を明らかにするということで、昭和以降の歴史のポイントに絞って、三枝昻之の選択した歌集とその作品を検証してみたい。

まず一九四〇（昭和十五）年を見てみよう。この年の代表歌集として三枝昻之が選んだのは前川佐美雄の『大和』である。この年は短歌史上に残る多くの歌集が刊行された充実の年である。『新風十人』を初めとして、斎藤史歌集『魚歌』、佐藤佐太郎歌集『歩道』、坪野哲久歌集『桜』、筏井嘉一歌集『荒拷』、土岐善麿歌集『六月』、斎藤茂吉歌集『寒雲』、『暁紅』、会津八一歌集『鹿鳴集』、北原白秋歌集『黒檜』等々が刊行されている。この『大和』を選定するにあたっての文章で、三枝は次のように記している。

「昭和十五年は戦前最後の充実期である。十年代に入ると、自由律における「自由」という言葉さえも摘発の対象になる空気の中で、歌人たちは次々と定型復帰、伝統回帰の道を選んだ。モダニズムとプロレタリアを両輪とした新興短歌は、息絶えたわけである。高まる時代圧力の中で最後の芸術的な花を咲かせようと考えたのだろう。十五年は昭和屈指の成果がいくつもあらわれた。佐美雄、哲久、佐藤佐太郎たちによる合同歌集『新風十人』、哲久歌集『桜』、そして『大和』がその成果の代表。昭和五年にシュールレアリズム歌集『植物祭』で歌壇を驚かせた佐美雄は『大和』ではそのエネルギーを短歌に根づいたものにした。」

こう評して、次のような作品を引いている。

春の夜にわが思ふなりわかき日のからくれなゐや悲しかりける
あかあかと硝子戸照らす夕べなり鋭《するど》きものはいのちあぶなし
また一つ国ほろべりと報《しら》するもわれらありがたしただに眠れり

一首目、二首目は前川佐美雄の代表歌である。これらの歌は、時代が戦時色に染まって行く危機感をはらみ、確かに時代の陰翳を映し出している。そして三首目の「われらありがたしただに眠れり」は当然の事ながら、反語であり皮肉である。

この年に充実した歌集がたくさん刊行されたのも、歌人たちが今できるぎりぎりの自己表現を模索したということなのだろう。翌年の一九四一(昭和十六)年は真珠湾攻撃によって、対米英戦争に突っ込んで行った年。その後の出版統制を思えば、確かにこの年が、表現意識の強い優れた歌集が世に出る最後の機会だったことは間違いない。

戦後に目を移しても、短歌が内包する時代の色や臭いや味わいはまぎれもない。敗戦の一九四五（昭和二十）年から五年間の代表歌集として三枝昂之が選んでいるのは、次の四冊である。

一九四六年　土岐善麿歌集『夏草』
あなたは勝つものとおもつてゐましたかと老いたる妻のさびしげにいふ

一九四七年　吉野秀雄歌集『寒蟬集』
真命《まいのち》の極みに堪《た》へてししむらを敢てゆだねしわぎも子あはれ

一九四八年　宮柊二歌集『小紺珠』
子のために欲しきバターと言ふ妻よ着物を売りて金を得しゆゑ

一九四九年　高安国世歌集『真実』
誠実なるインテリゲンチャの告白と聞く間に席を立つ大学生女子学生

まだ戦後の荒廃の生々しい時代であり、それぞれの歌人の時代への姿勢をうかがうことができる。もちろん、この時代の歌集はこれだけではない。土屋文明歌集『山下水』、会津八一歌集『寒燈集』、山下陸奥歌集『純林』、近藤芳美歌集『埃吹く街』、岡麓歌集『涌井』、斎藤茂吉歌集『白き山』等々があり、三枝昂之以外の人が選択すれば、このラインナップは異なったものになるであろうことは間違いない。しかし、いずれにしても、時代と短歌という視点からの光景は自明のものではないか。

もう少し焦点を絞ってみる。岸上大作歌集『意志表示』と福島泰樹歌集『バリケード・一九六六年二月』。この二冊の歌集はまさに時代と短歌の関係性を体現している。『意志表示』は一九六一年六月に刊行された。著者の岸上大作は前年の十二月五日に自死しており、歌集は残された知人たちの手で出された遺歌集である。歌集には自死の月の短歌専門誌に載った「十月の理由」という一連、また死の直前まで書き綴っていた遺書「ぼくのためのノート」も収録された。それゆえに、この歌集は結果として時代をまるまる内包してしまった。

意志表示せまり声なきこえを背にただ掌の中にマッチ擦るのみ
ヘルメットついにとらざりし列のまえ屈辱ならぬ黙禱の位置
血と雨にワイシャツ濡れている無援ひとりへの愛うつくしくする

これらの歌は当時の読者にとってリアルタイムの実感を齎したにちがいない。そして遅れてきた読者にとっては、時代の中に残された伝説としてやはり同じ興奮を味わうことになる。こういう時代の物語性を意識的に方法化したのが福島泰樹だといえる。第一歌集『バリケード・一九六六年二月』というタイトルのとおり、作品は早稲田大学で福島泰樹が体験した学生運動の昂揚をリアルにそしてヒロイックに読者に伝えてくる。

一隊をみおろす　夜の構内に三〇〇〇の髪戦《そよ》ぎてやまぬ
眼下はるかな紺青のうみ騒げるはわが胸ならむ　靴紐むすぶ

突破！　ならざる口惜しみの帰路されればまず　天涯孤独の口濯ぐかな

このような臨場感をたたえた歌はそれまでになかった。やはり、眼前の現在を生きる表現にとって、時代は力を与えてくれるということを、福島泰樹自身が信頼していたということだろう。以後、『エチカ・一九六九年以降』、『晩秋挽歌』『転調哀傷歌』、『風に献ず』と、一九七〇年代に刊行された歌集には、この方法論が濃密に駆使されていて、読み応えがある。

歌集という単位をはなれても、時代がいかに短歌作品に投影するかということは、新聞歌壇を思い起こしてみればすぐに解るだろう。たとえば、朝日新聞の朝日歌壇には、平成に入ってからだけでも、天安門事件や湾岸戦争、阪神淡路大震災、オウム真理教のサリンテロ事件、アメリカの同時多発テロ、近くは東日本大震災、秘密保護法、安全保障法案等々、時事をテーマとした歌が続々と投稿されている。そして、そういう時代の抱え込んだ胎動は、名歌を生み出している。このような時事、事件だけではなく、時代そのものの空気もまた短歌に映りこむ。たとえば一九八〇年代を象徴する歌集のこういう代表歌。

大きければいよいよ豊かなる気分東急ハンズの買物袋
　　　　俵万智『サラダ記念日』

夕照はしづかに展くこの谷のPARCO三基を墓碑となるまで
　　　　仙波龍英『わたしは可愛い三月兎』

春の夜の夢ばかりなる枕頭にあっあかねさす召集令状
　　　　塚本邦雄『波瀾』

時代と短歌の関係は、時代と歌人の問題でもある。それは歌人の表現者としての矜持の投影であるのだから。

（「歌壇」二〇一五年十月号）

時代の文学という意識を強く持つ歌を

聞き手：大和志保
二〇二一年一月二十一日　於：皓星社

『２０２X』が現実になる

——今日は藤原さんの二〇二〇年に出された歌集『２０２X』（六花書林）を中心にお話を伺いたいと思います。二〇二〇年の三月に刊行されているので、それ以前の作品で編まれているわけですが……予言といいますか、予言が成就してしまう世界ですよね。東京に人がいなくなる幻、それが現実になってしまいました。

藤原　やはり一番よく言われたのは、コロナ禍を言い当てているということですね。

東京の午前を午後を生きのびて歩みて春は名のみの街区

なんて特にそうです。緊急事態宣言で東京の街からは人がいなくなりました。当時、感想のお手紙をくださった方は「今の光景そのままですね」と。でもこの歌を作ったのは六、七年前ですから、もちろんそんなことは全然思っていません。

―― この本の冒頭の言葉に「2020　この世界は笑いながら終わる」とあるので、今は終わった後の世界ですね。オーウェルが浮かびます。

藤原　この一連を発表した二〇一七年は秘密保護法騒動のときで、監視カメラが街中にある時代になっちゃうのかと感じていて。

SFの世界でジョージ・オーウェルが想像力を駆使して作った、ディストピアに現実がどんどん接近している。それがすごく嫌でした。これを巻頭に据えたのも、やはり監視社会になるだろうと思ったからです。自粛警察は監視社会そのままですよね。

―― 予言的でもあり、ヴィヴィッドに時代に反映されている歌でもありますね。

藤原　当時感覚としてあった嫌な気分に、ある程度想像力を駆使して構築していった、最初の歌、

　夜は千の目をもち千の目に監視されて生き継ぐ昨日から今日

を何年か前に作ったときは、監視社会の危うさを何首も詠みました。これもですね。

　詩歌書く行為といえど監視され肩越しにほら、大鴉が覗く

書いているものも検閲される。ただそれを「検閲」と書くとつまらないから、エドガー・アラン・ポーのRavenですね。大鴉が実は国家権力の手先で監視をしていたと。

―― 飛び回る鴉が国家権力だったら嫌ですね。

藤原　ものすごく嫌ですね。これもです。

駅前にアイドル並び声そろえ「千人針にご協力くださーい！！！」

現実になりかねないギリギリのところまで来ていますよね。

荒鷲にあらずワラワシ隊にしてマツモトヒトシ左官待遇

という歌も作りました。芸能人のテレビやツイッターでの場あたりの発言をなぜそんなに重要視するのか。それを信じてしまう人もいるから、ものすごく害がある。反知性的な言説には、メディアも新聞もテレビのニュースも、もっときちっとした批判を展開しないといけない。

――どうして教養主義が滅びてしまったのでしょう。雑誌「小説ＪＵＮＥ」のことは、また後でお話を伺いたいと思いますが、ここから私が得たのは、ある種の教養主義的な姿勢です。教養によって自分が救われる。今、教養とか啓蒙という言葉が唾棄されます。はなから馬鹿にされてしまう。なぜそうなるのだろうと考えると……どうしても陰謀論に帰着します（笑）。

藤原　一首だけだとスローガンっぽくなりかねないから、行きすぎた現実を仮構しています。

――フィクションみたいに作ってあるけれど、一種のパラレルワールドがくっついているのですね。短歌は、一番そういうところに馴染みやすい詩型であると思います。

藤原　今は一部の人を除いてはそんなに幸せではないと思います。ましてコロナの数年間は不安につねに苛まれている。看護師の人が、コロナ病棟勤務にさせられてすごく嫌だという歌の一方で、氏神様の祭りが今年は中止になったから家で酒を飲んでいる歌とか。私達は同じ不安に苛まれながらも千差万別の生活をしているのがよくわかります。

出発点は時代を歌うこと

――〈聖火台へはしるランナーその背後死霊悪霊悪霊死霊〉という歌がありますが、危機意識というか、そういうものに衝き動かされる勢いが強いですよね。悪霊って走るんだなと思いました（笑）。マラソンみたいにぐるぐると走って、走り去っていく、それが悪霊だなと。この本も最初から最後までざーっと何かが走っていくようです。

藤原　僕の短歌との出会いの衝撃は塚本邦雄です。春日井建、寺山修司と続きました。リアルタイムで読んで感激したのが、福島泰樹さんの『エチカ・一九六九年以降』（以下『エチカ』）です。大学の生協にあったのを読んでものすごく刺激を受けて、時代を歌うとはこういうことなんだと目をひらかれました。同じ頃、「反措定叢書」で三枝昂之さんの『やさしき志士達の世界へ』も読み刺激されました。四十数年前を振り返ると、そういうところから自分の短歌は出発したのだと思います。だから、何らかの形で自分の作る短歌の中に時代が投影されていないと、今、短歌をあえて選ぶ必要はないと思っています。

――初期の『夢見る頃を過ぎても』（一九八九年、邑書林）の頃、藤原さんの短歌は固有名詞の横溢と言われました。今回の『２０２X』はストレート過ぎるといってもいいほど表現を恐れず、ギミックを使われていません。

藤原　固有名詞は少ないかもしれません。松本人志とか使っていますけど。

――壇蜜さんも二首あります。宰相Aとか総統とか、固有名詞をちょっと裏に潜らせる形で流していくスタイルかなと思いました。

藤原　短歌に時代が投影されるのは当然ですが、時代の本質的なところや政治的な状況はあまり歌う必要はないと僕は思っていました。

その時代の人の名前を入れて、時代の表層をうまくピックアップすれば、時代の雰囲気が出せると思っていたのですが、ここ十年くらい詩歌はやはり状況に対して物申すことも必要ではないかと段々思うようになって。この一冊を見ると、そういうものばかりになりました。

――こんなふうに申し上げるのはおこがましいのですが、変わられたと思いました。仙波龍英さんが藤原さんの短歌と俳句を評して、短歌は「明日滅していく事象について、表層を歌っている」、俳句については「すでに滅して、その亡霊で遊んでいる」ということをおっしゃっていました。短歌においては時代の表層と戯れて、表の方を掬い取りながらあえて楔のように打ち込まない、そういうスタンスでやってこられたのが、ここに至ってこのように強くはなってきています。

藤原　歌い方は変わってはきていません。これをメッセージ性と言っていいのかわかりませんが、歌人が詩歌に託す言葉は何らかの形でエネルギーを持っているので、それがどこかへ向かうのは当然です。自分に向けて歌を作るという方法論もあると思いますが、今回は、外の時代状況に対して何か言う形になりました。

――すごくストレートですよね。歌人は政治性や自分の立場を明らかにするのがおおむね苦手です。「これは白である」「黒である」とは言わないようにして、それをメタファーとして機能させる人が多いと思います。

それをあえて踏み出して歌う。「こうだ、愚か者め！」と断罪するような歌い方は、短歌では作品として評価を受けるときに難しい立場になります。共感する人は良しとするけれど、それをそんなに言っちゃうとあなたの表現はどこに行ったの、と思う人もいる。『202X』の反響はいかがですか？

藤原　そういうことを、敢えて言ってきた方はいませんが、無視はされています。批評より態度として黙殺されます。

一章目の後半にある三十三首の連作「ビッグ・ブラザーより愛をこめて」は、ジョージ・オーウェルの「一九八四年」を下敷きにしています。ビッグ・ブラザーに支配される世界と、今私達が生きる日本とがパラレルになる形で書いたわけです。

二十年前には思いもよらなかったディストピア的な感じ、忖度しなければ空気が読めないと言われるとかいう感じが今はすごくあります。しかし、そうではなく、詩歌が時代の中で屹立するには、作者が感じる喜怒哀楽をきちっとした表現で作り上げるべきではないのかと思いました。

連作で読んでほしいのは、一首だとストレート過ぎるのもあるからです。十五首とか二十首の中ではうまくはまって一連の主題が浮かび上がる、そういう意図で作った連作を集めています。

――一九九七年には、『19XX』(ながらみ書房)という歌集をお出しになっていますね。

藤原 ええ、ですから今回の歌集の題名は最後まで悩みました。時代を表す言葉にしたかった。二十年以上経っているから、西暦を使ってもいいかというのと、令和への改元もありました。刊行年は2020年ですから「202」に「X」にしておけば、あと何年かはつながる。年号をつけるのは福島さんの影響もあると思います。

――装幀も印象的です。昭和前期のモダニズムを意識されているのかと思いました。

藤原 震災以降戦争前夜、プロレタリア文学やロシア・アヴァンギャルドのポスターといったイメージですよね。デザイナーの真田幸治さんには特に希望を出さなかったのですが、素晴らしい装幀にしてくれました。「これはいいなあ」と自分でも思いました。帯にかかるXとか。帯のコピーは編集者の宇田川寛之さんに書いてもらいました。歌集と思えない(笑)。

帯の裏も、最初は「自選五首」と言っていたんですけど、そんなのないから、表だけとにかく目立つようにしてと。色だけは赤っぽい感じでとお願いしました。

――「自選五首はない」というのは、一首としてより塊として読んでほしいと?

藤原 連作単位で読んでもらいたいからですね。初出一覧を見ていて、ああやっぱり第二次安倍政権以降なのだとしみじみ思いました。その時期から、何か嫌だなあとか、時代の状況が危険な方向に流れているなあと感じ始めていたので。機会がある度に発表していたものを、ひとつのかたまりとして意味があるようにしたかったんです。

「小説ＪＵＮＥ」と月彦時代

――岸上大作への歌も多いです。岸上に共感されますか。

藤原　します。現代短歌を読み始めた時期に思潮社の『岸上大作全集』が出ました。こんな人がいたんだと驚きました。〈血と雨にワイシャツ濡れている無援ひとりへの愛うつくしくする〉とか、うまいなあと思うのもあるし。日記を読むと「ああ、子どもだなあ」と思うこともあるし。僕の卒業論文が岸上大作論です。

――意外ですね。

藤原　詩人の長田弘さんが指導教授で「評論ではないけれど、おもしろく読めたから十分合格にしてあげる」と言われました。僕は早稲田大学の第一文学部文芸科出身です。

――今はない学科ですよね。

藤原　え、そうなんだ。文芸科は創作や批評を志す人向けというのが表向きですが、小説は日本語でしか読めない人達が集まる学科です（笑）。「その代わりたくさん読め」と言われました。一九七四年に僕は文芸科に入りました。おもしろい学科でしたが、今はないんですね。

――なくなるとき、産学協同への傾斜という報道がされました。

私事ですが、私が短詩形文学に触れたのは藤原さんのおかげと言っても過言ではありません。「小説ＪＵＮＥ」（一九八二年―二〇〇四年、サン出版）の「黄昏詞華館」を読んでいましたので、私にとって藤原さんは藤原月彦さんでした。

藤原　「黄昏詞華館」は短歌・俳句・詩のページで、私が俳句、蘭精果さんが短歌。「黄昏詞華館入門」という投稿ページもあり、その選を私がしていました。

――「黄昏詞華館」の作品欄に藤原月彦さんの句があって。短詩形文学について、小中学校では古典＝つまらないものというイメージだったのが、ここでいきなり言語的豊穣に触れたのです。塚本邦雄の溶けるピアノの歌とか、本当に衝撃が走って。こんな短歌があるのという驚きがありました。

藤原　僕もまったく同じです。

――そこから短詩形文学というのがある、じゃあこれは文学なんだと。藤原さんに私は足を向けて寝られません（笑）。

藤原　とんでもない。「小説ＪＵＮＥ」は完全に、今のＢＬの走りです。編集長が佐川俊彦君といって、僕と早稲田ミステリクラブで一緒だった人なんですけど、そういう意味では、七〇年代から八〇年代にかけてひとつの文化を作ったことは確かですよね。

ほかにも、早稲田ミステリクラブから編集関係に行った人、作家になった人はたくさんいます。北村薫さん、折原一さん、それから翻訳家で柿沼瑛子さんとか。柿沼さんも佐川君に乞われて「小説ＪＵＮＥ」でアメリカのゲイ文学の翻訳と解説を書いていました。

――当時ＢＬという言葉はなく、「耽美」といっていましたよね。当時の少女達が文学的な何かに転んだとすれば、あそこがきっかけの一つだったと思います。「入門」がとてもおもしろかった。私も何度か小説が掲載されて、藤原さんの俳句と一緒に載ったのも忘れられません。今のBL短歌、BL俳句にもつながりますね。

藤原　二年前に『藤原月彦全句集』が出てから、こんなに藤原月彦って評価が高かったのかと思いました。自己評価が低すぎた（笑）。

――　BL作家になった人も、俳句・短歌から始めた人もいます。耽美的であるというコンセプトから作るわけだから、すごく凝り固まった世界ですけど、おもしろかったですよね。藤原さんの句を皆お手本に「あ、こんな組み合わせがあるんだ」と。

平成元年、俳句から短歌へ

藤原　一九七三年、三一書房で公募した「現代短歌大系」新人賞に、石井辰彦さんの「七竈」五十首が選ばれました。私と石井さんは同じ昭和二十七年生まれで、当時十九歳。私も応募したいと思ったのに力不足でできなかった。受賞者が自分と同い年で、作品の凄さに打ちのめされました。

――　すごいテクニシャンで、ブリリアントでした。

藤原　私は石井さんと競い合うことができなかったのを、勝手に自分の傷に感じました。一年後、「俳句研究」が始めた新人発掘五十句競作に僕は未発表五十句で応募します。石井さんの作品に刺激を受けて何かしたいと思っていたときに、たまたま俳句のコンテストがあった。もう単純に自己顕示欲だけでした。

――語彙の抽出力というか、天から言葉をもぎ取ってくるように、俳句はコンポジションで作っておられると思います。歌人の藤原龍一郎さんと俳人の藤原月彦さんとでは、言葉の発出の基底が違いますよね。

藤原 違うと思います。僕が俳句を作っていた時期は、まだ濃厚に塚本邦雄・春日井建の影響を受けていた時期です。

――藤原さんはクローズドが潔いですね。平成元年には俳句をやめられています？

藤原 はい、やめました。僕は編集者とフリーライターをやってから、AMラジオ局のニッポン放送に入社しました。それが三十三歳のときで、ちょうど昭和六十（一九八五）年。まったく知らない業界の知らない世界ですから、数年間は短歌も俳句も作りにくくなってしまいました。

小池光さんの勧めもあって、一九八九（平成元）年に、歌集『夢見る頃を過ぎても』の原稿をまとめました。その間、もう耽美的な俳句を作るよりも短歌だけを作ろう、自分は五七五で終わるより七七に喜怒哀楽を入れる方が合っているから俳句はやめようと決意しました。やめると言ったらきっぱりやめないと潔くないと思ったので、発表するのもやめました。

――俳句と短歌を作っている自分が違うのですか。

藤原 ちがいますね。短歌では、僕は時代の中の表現を意識します。俳句では美意識を結晶化することに腐心していました。

俳句をきっぱりやめられたのは、評価が低かったんですよ、正直な話（笑）。僕は前衛俳句の赤尾兜子の結社にいました。先生が亡くなったのも、ひとつの辞めるきっかけになりました。第二句集『貴腐』（一九八一年、深夜叢書社）では中島梓さんが解説を書いてくれて、もうベタ褒めしてくれています（笑）。あれが史上最高に褒められた。それでも俳壇は相手にしてくれません。『貴腐』で現代俳句協会賞をとれるのではと思っていましたけど、受け入れられなかった。

——俳句から短歌に移行されるのは戦略的でしたか。

藤原 結果的に使い分けてはいましたよね。初期のちょっとの間を除いては耽美的な短歌は作ってないわけですから。放送局に入ったのも大きい。時代の表層を記録し短歌の素材として歌うなんてやる人はいなかったので、短歌でも個性が出せると。

——包括的な歌の表層、コーティングですね。

藤原 第一歌集『夢見る頃を過ぎても』には、それまでの十何年分をまとめました。構成自体は戦略的です。放送局に入ってからのもの、芸能人の名前を詠んだものを前の方に固めます。真ん中には学生時代の多少耽美的な部分も入れて、最後は「短歌人」に発表した初期の作品を百首くらいまとめました。

芸能人を詠んだものは、「こんな歌は表面的なものに過ぎないからすぐに忘れられるよ」と言われました。そのとき僕が思ったのは「あなたの短歌だってもう古びていますよ」（笑）。僕は古びるのを承知で使っているわけだから、今一瞬マッチのように明るく燃えていれば、すぐに消えても構いませんでした。

――この間読み返したら、当時の記憶が私の中で蘇りました。それはやっぱり固有名詞の横溢というか力です。

藤原　固有名詞をたくさんばらまいておくと、一周回って「当時こんな歌ができていたんだ」みたいなものも出てきます。

――フックをいくつも仕込んである。私の中では『夢見る頃を過ぎても』はその時代の表層です。何せ表層しかない時代だったとも言えるので。

藤原　八〇年代はそうですよね。

――当時私は二十代でしたが、あの時代の渋谷は浮かれ立つようでした。消費と享楽、当時入り始めたばかりの生活の贅沢。渋谷PARCOが1・2・3とあって。

藤原　仙波龍英の短歌の〈夕照はしづかに展くこの谷のPARCO三基を墓碑となすまで〉は残ったのに、現物のPARCOがなくなっちゃった(笑)。

「ラジオ・デイズ」と成り代わり

藤原　第一歌集では現代歌人協会賞の候補になったのですが、水原紫苑さんの『びあんか』と辰巳泰子さんの『紅い花』の、個性的な二人にぶつかった。次に歌集で賞をとるのにはまだ時間がかかりそうだけど、新人賞ならその時につくった作品だけで応募できます。

そこで、一九九〇年に「ラジオ・デイズ」という職業詠で短歌研究新人賞に応募しました。AMラジオのディレクターは、日本中に百五十人くらいしかいませんから、その職業詠は目立つに決まっている。うまく短歌的叙情をまぶしたら、運良く受賞できました。第一歌集を出した後で新人賞を受賞したというのも珍しがられました。

――二〇一一年の震災以降、ラジオには独特の存在感があります。

藤原　テレビより人に近いですよね。ラジオはタレントと聴取者と喋ってもらう、双方向性が簡単に実現する。

第一歌集が出たときは、ある程度仕事に慣れて、職業と短歌と両立できるようになっていました。その時点でも、福島さんの歌は常に気にしていました。『中也断唱』には「ああ、こういう書き方があるのか」と刺激されました。

――その後、他の人に成り代わって詠む題詠が増えました。

藤原　雑誌でも企画でも声がかかるようになりました。藤圭子に憑依したり、梶芽衣子の映画「女囚さそり」に成り代わって書くこともしています。そういうのが割と好きですね。

――ステージをひとつ設えて、そこで踊るという感じです。

藤原　福島さんの『バリケード』と『エチカ』は何度読み返したかわかりません。「樽見、君の肩に霜ふれ」、樽見って誰だか知らないじゃないですか（笑）。知らないんだけど、なぜこんな興奮するんだろうと。

――確かに、「鞆子」と言われると、ジャンヌ鞆子かあと思いますね。

藤原　冨士田元彦さんが「雁」を出していたときに、誰かに成り代わって歌うという原稿を依頼してくれました。そのとき、僕は「じゃあジャンヌ鞆子でやります」と彼女に成り代わった歌をつくりました。第二歌集『東京哀傷歌』に入っているかな。そういう自由度の高さと、思い入れを深く入れられるのが短歌の最大の魅力だと思います。

若い人の生き辛さと論客の不在

藤原　『202X』をSF作家やミステリー関係の知人の何十人かにも贈呈しました。「パラパラめくったら、あれ、おもしろい言葉が使ってあるな、とつい読んじゃったよ」と言ってくださった作家の方は多かったです。若い歌人にも贈呈したのですが、そちらは何にもリアクションがありませんね。

——　ある種の立場表明みたいになってしまうから。

藤原　技術的には、皆さんすごくうまくなっていると思うのですが、何かもうちょっと時代の中で生きる自分の抵抗を表現してもよいのではと思いますね。若い人を見ていて、生きる辛さはすごく伝わってくるのですが。

——　踏み込まないですよね。辛さの深淵を覗きに行かないし、多分覗かれたくない。

藤原　萩原慎一郎の『滑走路』に〈夜明けとはぼくにとっては残酷だ　朝になったら下っ端だから〉という歌があるけれど、下っ端でどういうことをやらされてるのかをもっと具体的に歌わないとリアリティが生じないと思う。

——弱さの中に安住したい。最下辺でありたい。それが優しさであると、そこの評価は高い。辛いことを言えば、強者の論理だとネットで叩かれます。ひたすら共感したいし、とやかく言いたくない。短歌をやる人間には想像力が求められるけれど、それがフラジャイルなものへ寄っています。

藤原　歌人はやっぱり作品で表現してほしい。生き辛さを「…だから自分は辛いんだ」と掲示するだけではなく、「自分がこんなに生き辛いのは何が悪いのか」まで考えを持っていく表現が出て来ることを期待しています。

僕らの世代で、社会構造的におかしいとテクニカルに詠まれるのは栗木京子さん。ちょっと上の人だと久々湊盈子さん。昨年出した歌集『麻裳よし』では、政治や時代状況に対して非常にはっきり異を唱える歌がありました。

——表明する姿勢を自然に持っている方はいらっしゃいますね。

藤原　反権力的なリベラリストは皆もう六十代以上。だから新人賞で、時代に異議を唱える作品が出てきたら、それはすごいインパクトを持つと思うんです。でも「生き辛さ」に共感してもらいたい、というものが残念ながら多い。

——自分を慰撫して、読者も慰撫されたい。表現の悪循環ですよね。特に短歌は繭にこもりやすい。福島泰樹が敬して遠ざけられるのはそこじゃないかと（笑）。

藤原　ここ何年かの福島さんの歌集評は何故か僕が書くことが多いです。ひとつの世界をこれだけ追求している人は他にいないわけだから、敬して遠ざけずに、様々な世代の歌人が正面から論じるべきだと思うんです。

――論客というのが今はいないかもしれません。

藤原　菱川善夫さんも小笠原賢二さんも亡くなりました。福島さんを論じていた人達が少なくなっています。岡部隆志さんが論じていらっしゃるのは、「月光」にはすごくよいことだと思います。

――短歌はほとんど実作者が評論を書いていて、評論家がいません。

藤原　去年僕は短歌研究社から出た『塚本邦雄論集』に参加して、後期の『波瀾』『黄金律』『魔王』の三冊について、作品を引きながら検証しました。塚本邦雄があえて生理的嫌悪感を催すような事物を歌っています。それを僕はバッドテイスト、悪趣味という言葉で捉えました。塚本邦雄ですら忘れられそうな時代というのは困ったものです。

――今はフェミニズムに論点があるかなと思います。

藤原　女性で意識的な歌人が何人かいるのはすごくよいことだと思います。歌集『Lilith』を出した川野芽生さんはジェンダーに関する歌がたくさんあります。はっきりした闘う意識を入れる女性歌人も珍しい。それくらい刺々しい方がいいんですよ。八割五分くらい文語の歌で、出来具合は非常にしっかりしていますし、韻律に気を遣っているのもわかります。そういう人が一人でも出てきたのはすごいと思います。

時代と地縁

藤原　僕は二〇二〇年の十二月に姫路文学館の岸上大作展での福島さんの講演を聞いて、興奮しました。岸上大作の生き辛さと、今の若い人達の生き辛さは全然違います。

――　岸上大作は不幸が自分の中ではなく外部にある。今は生き辛さの根拠というものの不幸が、内部にある。

藤原　今の人だって生き辛いし、派遣社員にしかなれないのは社会構造が悪いわけだから、突き詰めればやっぱり政治が悪いわけです。しかし、今の歌はそこへは絶対に行かない。岸上の日記を読むと、時代状況と真剣に関わっていて、一九六〇年六月十五日は国会前でデモに参加して、怪我をして帰って来ています。一九六〇年の時代の子としての典型です。

――　私は岸上の作品を好きではないので、批判に向かってしまう。ただ、その貧しさには根拠がある。岸上は文学としての短歌ではなく、表現としての短歌を選んだのだと思うんです。そういうギリギリの切なさのようなものは、伝えてゆくべきですね。

藤原　二十年前の姫路文学館での岸上大作展での沢口芙美さんと小川太郎さんとの対談も聞きに行きました。僕が「仮に岸上が自殺をせずに職業にもちゃんと就いて、沢口さんにプロポーズしたら結婚しましたか」と質問したら「するわけないわ！」ってすごく怒られた（笑）。でも沢口さんは十二月の岸上展にもいらしてたし、すごく強い人なのだと思う。

―― 漬物石みたいなものを人生の中にひとつ、どーんと置かれて。岸上はそのつもりで死んでいるのですから。

藤原 短歌は時代に敏感に反応できるから、岸上大作も出ているわけです。昭和二十年代の前衛短歌もそうだし、春日井建は六〇年安保に向けて反時代的な美意識の強い作品でデビューした。今も時代の中で埋没や服従する短歌ではなくて、何か抵抗する力としての短歌がもっと出てこないかなと思います。

―― もうカウンターカルチャーが滅んだ世界だなあと思います。

藤原 カウンターではなくなっているんですよね。短歌は表現の主流ではなかった。だけどそれぞれの時代に突出した歌人が出ているから、現代短歌の表現史として読むことができる。

―― 時代への返歌としての短歌ですよね。

藤原 斎藤茂吉や与謝野晶子とは違う時代に私達は生きています。戦後の歌人とも違うし、塚本邦雄、岡井隆の時代ともまた違った現在を生きているわけです。その時代を生きている人ならではの表現の感覚を常に研ぎ澄ますべきです。それを韻文の形で提出するのが歌人の重要な責務ではないでしょうか。時代の文学なのだという意識、文学意識をもっと強く持っていいのではないかという気がしますね。心の憂さの捨てどころではあってはいけない。

―― こういう連作や構成力のある歌集をもっと読みたいです。

藤原 私の歌集では構成を意識して編集しています。第二部に思い出も多少入れたのは、時代への抵抗のニュアンスの色合いだけだと、読みにくくなるだろうと思って。

――第二部は肉体性を感じましたね。幼児の頃にあって、歳をとると帰っていくところがあるのかなと思います。

藤原　僕が生まれたのは福岡ですが、二歳半で東京に来ています。隅田川の東側は、杉並や世田谷とは違う感覚があります。地域社会の独特のもの、それは自分だけの感覚かもしれないから、少し表現してみようというのでここに入れました。

――東京の運河の感じです。藤原さんがそれを詠まれるのは珍しいなと思いました。

藤原　ここ十年くらいでそういうところにも目が向いているのだと思います。生きている時代と同時に、育った土地、地縁とか風土も確かにあります。隅田川の西か東かによって大きく違うし、中でも東京湾側の江東墨田と、足立荒川とはまた違うとか細かい差異がある（笑）。

今の若い人の歌は読んでも、どこに住んでいるかわからないですね。

――土地との繋がりが薄くなっている気がします。われわれの世代以降、地縁血縁を嫌がるというか。ふわっとした表現が増えています。

藤原　土地への愛着だとか自分が今している仕事の具体が多少入ると、その人の個性が際立ってきますよね。僕は伝わるようにと、ずっと作り続けてきました。

構成は、歌集を作るときに一番重要なことだと思います。うまくいかないと、歌集の佇まいががらっと変わってしまいますからね。

――歌人としてそういう意識のある方は少ないと思います。発表した中から選んで、一冊にまとめましたみたいな歌集を出す方が多い。

藤原　それまで作ってきた何百首の中から塊として選び、それを最もテーマが浮かぶように並べる、並べ方も重要です。高野公彦さんは「編年体が良い」と言いますが、そんなことはない。本来は一番読んでほしいものを最初の方に持ってくるべきです。その主題がはっきり現れている歌を。

――構成は不思議ですね。歌が変わって見えることがあります。

藤原　短歌はそういう特性を持っていると思いますよ。歌集の冒頭から最後まであまり押し付けがましくなく、何となくひとつの意識で読んでいけるような構成力は必要です。

短歌の役割――生の証明

藤原　僕はこんな歌集を出す一方で、靖國神社の献詠歌の選者をやっています。靖國神社にお参りに来る、ご主人・お父さん・おじいちゃんが亡くなったという人の歌。亡くなったおじいちゃんにまで思いがつながれば、それは当然歌の思いとして成立します。僕は非常に価値があると思っています。

――福島先生にも特攻隊のテーマの本などがあります。時代の中で失われた命への挽歌というのでしょうか、それは短歌の一番の役目です。

藤原　福島さんのおやりになっている、成り代わって鎮魂する歌は政治的な立場に関係なく、特攻隊員から岸上大作までひとつながりになっています。

――藤原さんは、歌集をすごく読まれますよね。

藤原　僕のところには平均して毎日一冊くらい贈呈されてきます。せっかく送ってくれたのだから、ほんの少しでも読むようにしています。知らない人の歌集でも言葉が読み手の意識と共鳴すれば読んでもらえることは『２０２X』で経験しました。

短歌の役割は、大げさに言えば「一人の人間の生の証明」ということです。「人間の記録」ではなく「生の証明」です。

一人の人間の生は、時代状況の中で、様々な陰影を持ちます。その陰影に彩られた喜怒哀楽を言葉で表現するのが、短歌の大きな役割です。時代の中の個の生の陰影を、これからも表現し続けて行くつもりです。

（「月光」六十七号　二〇二一年三月）

あとがき

現代短歌に魅入られてから五十年の時が流れた。

何度も記して来たことだが、私が現代短歌の魅力を知ったのは中井英夫の『黒衣の短歌史』を読んだのがきっかけだった。これは昭和二十年代の後半から三十年代にかけて中井英夫が「短歌研究」編集に携わっていた時期の回想で、新人五十首詠による中城ふみ子の鮮烈な登場とその早すぎる死。十代の寺山修司の登場、さらには、モダニズム特集での塚本邦雄の抜擢、新人評論募集からの菱川善夫、上田三四二の輩出。さらに、角川書店の「短歌」の編集長に引き抜かれてからは、浜田到、春日井建の発見と積極的な歌壇へのプッシュアップ。そういう黒衣の活動が詳述されるとともに、登場する綺羅びやかな歌人たちの作品が引用される。それらの短歌作品に、学校では習わなかった魔術的な陶酔を覚えて、私は現代短歌の読者になり、そして、自分でも短歌をつくるようになったのだった。

やがて、福島泰樹の『エチカ・一九六九年以降』に邂逅し、三枝昻之の『やさしき志士たちの世界へ』に出会った。短歌型式を自己表現の方法とすることの覚悟を、これらの歌人の仕事と発言が教えてくれた。それは私の表現を自立させる上での幸運だったと思う。そうして過ごして来た五十年に悔いはない。

ここに収録した文章にも二十年近い幅があるが、結局は自分が傾倒した歌人への恋文のようなものだ。状況論的な文章にも、好き嫌いがはっきり出ているだろう。気がつけば、私は五十年前に現代短歌に出会って以来、自分と近い世代体験をし、その葛藤の中で自意識を育んできた人たちを読者として短歌作品も文章も書き続けてきたのだと思う。そして、それで良かったのだと、今、あらためて実感する。私にとっての現代短歌とは、ポピュラリティーを求めるものではなく、少数の読者に鋭く深く刺さってほしい詩型なのである。

編集上の様々なアドバイスをいただいた六花書林の宇田川寛之さん、歌集『202X』に続いて、私の意図をみごとに体現したデザインをほどこしてくださったデザイナーの真田幸治さん、巻末のインタビュー「時代の文学という意識を強く持つ歌を」の再録を快く了解してくださった歌誌「月光」の発行人の福島泰樹さん、インタビューをしてくださった大和志保さん、編集人の竹下洋一さん、発売元の皓星社の晴山生菜さんに更なる感謝を捧げます。

藤原龍一郎

二〇二二年七月吉日

著者略歴

藤原龍一郎（ふじわら りゅういちろう）

一九五二年福岡生まれ。三歳の時に父の転勤で上京。以後、東京、大阪、横浜、千葉、東京と転居を繰り返す。一九七二年短歌人会入会。現在、編集委員。第三十三回短歌研究新人賞受賞。歌集に『夢見る頃を過ぎても』、『東京哀傷歌』、『２０２Ｘ』ほか。著書『寺山修司の百首』、『赤尾兜子の百句』ほか。二〇二〇年より日本歌人クラブ会長。

抒情が目にしみる
現代短歌の危機《クライシス》

2022年9月1日　初版発行

著　者——藤原龍一郎

発行者——宇田川寛之

発行所——六花書林
〒170-0005
東京都豊島区南大塚3-24-10　マリノホームズ1A
電話 03-5949-6307
FAX 03-6912-7595

発売———開発社
〒103-0023
東京都中央区日本橋本町1-4-9　フォーラム日本橋8階
電話 03-5205-0211
FAX 03-5205-2516

印刷———相良整版印刷

製本———仲佐製本

© Ryuichiro Fujiwara 2022 Printed in Japan
定価はカバーに表示してあります
ISBN978-4-910181-28-8 C0095